テイルズ オブ レジェンディア

誓いの星[上]

工藤　治

FB
Famitsu Bunko
ファミ通文庫

「たとえ何であろうと、
俺達の大切なものを傷つける気なら、
許しはしない」
さらわれた妹を取り戻すため戦う、爪術士の少年。
Senel Coolidge
セネル・クーリッジ

「約束は守るために、守ろうと努力するために、
互いを信じ交わすものなのだ」
〈遺跡船〉の保安官。一行のリーダーを務めるきまじめな男性。
Will Raynerd
ウィル・レイナード

「差し伸べられた手を握ること、
それはわたしの意志です！」
セネルの妹で、水の民の指導者〈メルネス〉の末裔の少女。
Shirley Fennes
シャーリィ・フェンネス

TALES OF LEGENDIA CHARACTERS

登場人物

キャラクターデザイン／イラストレーション：中澤一登　ワルターイラスト：山田正樹

「だっ、誰が無鉄砲女だ！ 失礼な呼び方をするな！」
正義感にあふれた聖ガドリア王国出身の女騎士。
Chloe Valens
クロエ・ヴァレンス
「師匠、あたし、もう迷わないよ。知ることを恐れたりはしない！ 自分を信じて生きていく！」
元気なトレジャーハンターの少女。変なあだ名をつけるのが好き。
Norma Biatty
ノーマ・ビアッティ
「ほいでもワイらはみんな、家族になれるはずじゃ！」
投げ槍を使う山賊の長。魔獣グランドガルフのギートを連れている。
Moses Sandor
モーゼス・シャンドル
「ぼく、自分の知らないことがあるの、許せないタチなんですよね」
『不可視のジェイ』として〈遺跡船〉で知らぬもののない情報屋。
Jay
ジェイ
「些細なことは、気にしないでおきましょう？ だって、些細なことですもの」
正体不明の女性。名前以外の全ての記憶を失っている。
Grune
グリューネ
「お前達と馴れ合うつもりはない。さっさと行くぞ」
水の民の戦士。幼い頃よりメルネスを守るために修行してきた。
Walter
ワルター

本文イラスト　山田正樹

彼女を捕獲《ほかく》するのが俺《おれ》の任務だった。
水の民の『巫術士《メルネス》』……。
ステラとシャーリィ。
出会った姉妹は、太陽のようにまぶしかった。

やがて俺は任務を忘れ、彼女たちとの生活を楽しむようになった。
今まで家族を知らなかったから。
今まで笑顔を知らなかったから。
今まで人を愛することを知らなかったから。
だけど。
——俺は、彼女たち姉妹を不幸にしてしまった。

でも俺は……。

TALES OF LEGENDIA

第一章
血塗られし雷の封印

1

「どうだ？　解読《かいどく》できたか？」

高圧的な態度《たいど》で、体格のいい男が寄ってきた。とたんにシャーリィは生きたここちがしなくなった。セネルに会いたい。そんな顔をすると、またこの男に殴《なぐ》られてしまうのだろうか。

「隠そうとしてもムダだ」

男の語気《ごき》がつよくなる。野心あふれた貌《かお》に、紅《あか》い重装備《じゅうそうび》の鎧《よろい》をまとった男は、その名をヴァーツラフ・ボラドという。陸の民、クルザンド王統国《おうとうこく》の第三王子だ。彼は武力によって何もかもを手に入れようとする思いがつよく、その中でもっとも手に入れたいと望むものは、いにしえの力だった。

「この〈遺跡船《いせきせん》〉に眠る究極《きゅうきょく》の兵器、その起動《きどう》方法が記《しる》されているのだろう？」

シャーリィは背中を押され、碑版《ひばん》の前に突きだされた。薄暗い部屋に鎮座《ちんざ》する碑版には、どす黒く乾いた血がしみついている。犠牲《ぎせい》となった水の民の血である。その血ぬられた碑版に刻《きざ》みこまれた文字は、古代文明の文字だった。

「この文字は〈元創王国《げんそう》〉の公用語たる『古刻語《こここくご》』、その中でも特別とされる『上代古刻語』だ。何が書かれているか、貴様《きさま》ならわかるはずであろう」

ヴァーツラフが待ちきれずに言った。

彼はシャーリィを連れて、いにしえの力が封印《ふういん》されていると伝わる洞窟《どうくつ》の遺跡に来ていた。そこは壁や床が未知の金属によって覆《おお》われ、ぴかぴかに輝いていた。とても遺跡とは思えない真新しい部屋のように感じられた。

〈遺跡船〉――島ほどの大きさを持ったそれは、今から約十五年前に発見された。見かけはただの島だが、自力で海上を移動するという奇妙な性質を持っていた。

ゆえに発見が遅れた。遅れたというのは、それが太古《たいこ》より存在していたことが証明されたからである。最初の調査団によって、内外に、水の民と呼ばれる人々が築《きず》いた〈元創王国〉の遺跡が次々発見された。それらは、現在よりはるかに進んだ未知の技術がつぎこまれており、しかも今なお稼働《かどう》する可能性が高いと調査団は発表した。それにより、〈遺跡船〉はたちまち世界中の人々の注目を集めた。

海の上を船のように走ること、そして現存する遺跡の多さから、それは、やがて〈遺跡船〉と呼ばれるようになり、数多くの考古学者《こうこがくしゃ》、博物学者《はくぶつがくしゃ》、そしてトレジャーハンターたちがこぞって訪《おとず》れるようになった。彼らは突如《とつじょ》出現した高度な遺跡文明の調査に夢中になった。皆が色めき立ち、夢とロマンに酔《よ》いしれた。

だが、誰もが夢とロマンを求めて、〈遺跡船〉に渡ってきたわけではなかった。古代文明の中で類稀《たぐいまれ》な力を発揮《はっき》したという〈メルネス〉の言い伝えに異常な興味を示す者たちがいた。メルネスとは古代文明を治め、遺跡を自在に操《あやつ》った高位な人物だったという。

メルネスが蘇《よみがえ》るとき、船の力は目覚める。

現代より遥かに高度な技術により創られた〈遺跡船〉がその力を発揮すれば、兵器としても凄《すさ》まじい力を見せるだろう。

シャーリィを脅《おど》すこの男——ヴァーツラフも、〈元創王国〉時代の秘《ひ》められた力に魅《み》せられ、それを兵器として活用できないかと考えていた。そのため、メルネスの末裔《まつえい》と思われるシャーリィを使って、古代文明の力を稼働させようともくろんでいたのである。

「さあ、早く解読の結果を教えろ。今までここへ来た奴らと、同じ運命をたどりたくなければな」

ヴァーツラフは、シャーリィのほかにも多くの水の民をとらえては、碑版の解読にあたらせていた。

目の前の碑版に浴びせられた同胞《どうほう》の血……それがヴァーツラフと、その国の連中が行った残忍さを物語っている。

シャーリィは、もう自分の番で終わりにするべきだと思った。自分よりあとに、同じような被害者を出すべきじゃない、と……。

ヴァーツラフの要求に、やがてシャーリィは根負《こんま》けしたかのように口をひらいた。

「……『血塗《ちぬ》られし雷《いかずち》を、永久《とわ》の眠りより覚《さ》ますなかれ』……ここに記されているのは警告《けいこく》だけです。他には何もありません」

「ウソをつくな」

「わたし、ウソなんて……！」

「そんなことでごまかされると思うのか」

「だから、わたしは！」

「まあいい。貴様をここへ連れてきた本当の理由は、別にある」

「え……？」

「その『血塗られし雷』とやらの、封印を解いてもらおう」

「そんな！　わたしには、そんなこと……！」

「メルネスである貴様に、できないはずがなかろう」

強引《ごういん》に腕をつかまれ、シャーリィは別室へと連れていかれた。

囚《とら》われの身となってから、シャーリィは悲しさが募《つの》る一方だった。兄と慕《した》うセネルとかなり顔を合わせていない気がする。これまで一緒《いっしょ》に過ごした時間からすれば、わずかな時間に過ぎないはずなのに。

「わたしには、力なんて……ない。何も……」

四千年の永《なが》きにわたり現存する遺跡の廊下《ろうか》をヴァーツラフに連れられながら、シャーリィは力なくつぶやいた。

すると、意外にもヴァーツラフが言葉を返してきた。彼はにやりとして、

「そんな辛気《しんき》くさい顔をしていると、セネルに嫌われるぞ」

と、口にした。なぜヴァーツラフがそんなことを言ったのかは、わからなかった。いや、そんなことに気づく余裕すらシャーリィにはなかった。

セネルというひとことをきいただけで、胸の奥からずんっと突き上げてくるものがある。

お兄ちゃんの許《もと》に帰りたい……でも自分にはどうすることもできない。

ごめんね、お兄ちゃん……。

シャーリィは心の中で詫《わ》びた。いつも役に立とうとしていて、結果的にセネルの足手

まといになってしまっていた。おそらく今も、お兄ちゃんにかなりの心配をかけて――。

「！」

ハッと気づいた。もしかしたらセネルが近くにいるのかもしれない。敵に捕《つか》まってしまうような不甲斐《ふがい》ない妹を助け出すために……。

シャーリィは、自分の腕を捕らえて歩むヴァーツラフの横顔を眺《なが》めた。しかし、敵の長《おさ》はそれ以上何もいわなかった。


彼は丘の上の茂みに身をひそませていた。そこからのぞめる光景は、平和なときであれば美しさをめでる気持ちを胸にいだいたであろう。しかし彼は、その美しさをいみきらった。

陸の上に存在するものは、何もかも好きになれない。いや、愛してはいけないのだと打ち消した。

それよりも今は大事なことがある。

シャーリィ。

彼女を救い出さなければならない。彼女こそ、水の民の今後を占《うらな》う大事な存在なのだ。

いにしえの〈巫術士《メルネス》〉として復活し、陸の民に支配されたこの世界を取り戻せる希望——それがシャーリィだ。

彼は、幼《おさな》いときからメルネスを守るために自らを鍛《きた》えてきた。将来の目標はメルネスの親衛隊長になることだった。周囲もその期待をしていたし、自分も当然そうなるものと信じていた。

もしここでメルネスをたったひとりで救出できたなら、自分は英雄になれるだろう。白いターバンを頭にまき、前にたらした黄金の髪《かみ》のすきまから切れ長の瞳を覗《のぞ》かせる彼は、その野心に身をゆだねるか否《いな》か、しばし迷いの刻《とき》をすごした。

茂みに身をひそませてうかがう敵の城は『雪花《せっか》の遺跡』と呼ばれる洞窟の中にあった。正確にいうと、シャーリィを奪《うば》い去《さ》った連中が、いにしえの碑版が残る洞窟を占拠《せんきょ》したのだ。連中は、メルネスの存在をもって四千年の眠りについた力の解放をもくろんでいる。放っておけば、いかなる結末をむかえるか容易《ようい》に想像できる。

彼は心の中でつぶやいた。陸の民がどうなろうが知ったことではない。しかし、その過程でメルネスとなるべき少女が傷つくのは見るにたえない。できれば救出したい。だが、シャーリィを彼らの手にゆだねることで、事態は水の民にとって利のある方向に流れつつある。

つまり、メルネスの復活――シャーリィを巫術士として目覚めさせるという方向に。

そうであるとはいえ、メルネスの護衛《ごえい》なのに、しばしの間それを放棄《ほうき》しなければならない、矛盾《むじゅん》したこの時間は、彼にとっても辛《つら》いものだった。ゆえに、縛《しば》られずにメルネスに近づけるあいつのことが腹立たしく思えてくる。

彼――ワルターは、その男のことを恨《うら》んだ。

セネル。

やつは何のしがらみもなく、メルネスを助けに向かうだろう。

ワルターからすれば、セネルの行動は、陸の民が勝手にメルネスの兄を気どり、彼女にとり入ろうとする浅ましいものに見えた。メルネスの心を引き寄せるもの。

やつは、いつか自分の手で始末《しまつ》せねばならないときがくるだろう……。

ワルターは、セネルのことをかわいそうなやつだと心の中で哀れんだ。


さらわれたシャーリィを取り戻すため、セネル、ウィル、クロエ、モーゼス、ノーマの五人は、ヴァーツラフ軍の監視の目をかいくぐり、『雪花の遺跡』の中を突き進んでいた。洞窟の外観《がいかん》とは違《ちが》い、そこは紫に染まった壁面《へきめん》がクリスタルのように妖《あや》しく輝く回廊《かいろう》がどこまでも続いていた。廊下を駆《か》けていると、カンカンカンと、五人の足音が大きく響き渡る。

「入り口の警備《けいび》は厳重《げんじゅう》だったが、中はそれほどでもないな」

駆けながら、聖《せい》ガドリア王国の女騎士《きし》、クロエが言った。

「誰も侵入できるはずないっちゅうて、タカくくっとるんじゃろ」

隣《となり》を走る山賊《さんぞく》の長モーゼスが答えたときである。

「いや、そうでもないようだ」

先頭を走っていたセネルが立ち止まった。ほぼ同時に〈遺跡船〉の保安官《ほあんかん》ウィルも足を止めた。黄色のスーツに身を包んだトレジャーハンターのノーマも息を呑《の》む。何やら前方に怪《あや》しい気配《けはい》が漂《ただよ》っている。地響きのように床を揺《ゆ》らしながら、前方から新たな敵が姿を見せたのだ。いかつい巨軀《きょく》に、猛牛のような貌を載《の》せた怪物だ。

「ヴァーツラフを守る門番っちゅうわけかい。上等じゃ！」

身構えるセネルたちの中から真っ先にモーゼスが飛び出し、得意の投げ槍《やり》を放った。

「始まったようだな……」

『雪花の遺跡』の洞窟を外から見つめるワルターは、幻影《げんえい》ガストを操り、その視点を通じてセネルたちの激闘が始まったのを知った。

——奴らに何ができる。

連中は、古代文明の〈元創王国〉を治めた〈輝く人〉、メルネスの末裔に近づけるような輩《やから》ではないのだ。それなのに自分たちの立場をわきまえず行動する、浅ましい根性《こんじょう》が嘆《なげ》かわしい。放ってはおけない、奴らがメルネスに近づくのは——そう、愚《おろ》かな陸の民どもが勢いづくと、けっしてロクなことにならないのだ。ワルターがいよいよ自分が出ていくべきかと立ち上がりかけたときだった。

「ワルター」

後ろから聞き覚えのある声がした。振り返ると、自分と同じ陸の民に変装《へんそう》した同胞の姿があった。水の民の象徴《しょうちょう》ともいえる同じ黄金に輝く髪をし、陸の民に紛《まぎ》れ込《こ》むために羊毛などで造られた袖《そで》の長いごく平凡な衣類をまとっている。彼の名はオスカーといい、ワルターの幼なじみの青年である。

「探したよ、こんなところにいたのか？　もう、しょうがないなァワルターは——」

人なつっこい顔だちをしたオスカーは、相変わらず子供っぽい喋《しゃべ》り方でワルターをたしなめようとしてきた。

「メルネスを自分で助けるつもりだったのかい？」

敵に見つからないよう二人して茂みの中に隠れたあとも、オスカーは説教《せっきょう》を続ける。

「黙ってろ」

ワルターはそれだけを言ったが、オスカーの勢いは止まらない。こちらの心を見抜いたかのように雄弁になった。

「ダメだよ、ワルター。マウリッツ様からそんな指令は受けてないだろ？　ワルターのいけないクセだよ、ひとりで考えて勝手に行動しようとするなんてさ。ワルターは昔からそうなんだよ。何でも単独行動。あとで団長に怒《おこ》られる僕の気持ちにもなって欲しいよ」

ワルターはうるさい奴がきたなと、うんざりした。オスカーは決して悪い奴ではないのだが、とにかくお喋りが過ぎる。無口な質《たち》のワルターの分まで喋ろうとするかのように、放っておくといつまでもべらべら喋り続けるのだ。

「お前こそ、ここへ何しにきた」

オスカーを黙《だま》らせようと思って、ワルターは話題を変更させた。

「あ、そうだ。マウリッツ様が呼んでいるんだ」

「マウリッツ様が？」

「うん。ワルターに新しい任務だ。〈ささやきの水晶〉を手に入れる任務だよ」

「………」

ワルターはしばし考え込んだ。もちろん任務が嫌だということはない。ただ、この場を離れることに苛立《いらだ》ちを感じるのだ。

せっかく近づこうと思ったメルネスから、また遠ざかってしまうのは何とも不自由な気がする。メルネスを取り戻すために、そもそも自分はここにいるのではないのか。もし自分がこの場を離れたら、誰がメルネスを守ると言うのだ。下劣《げれつ》な陸の民どもに任せておけばいいというのか。

「ワルター、戻らないの？」

オスカーが訊《たず》ねてくる。

「………」

「戻らないとマウリッツ様が怒るよ。メルネスを今すぐ救出したいワルターの気持ちもわかるよ。だけどマウリッツ様は先を読んで、その状況に備《そな》えての準備を怠《おこた》らない方だ。きっと、何かお考えがあってのことだと思う」

「………」

そんなことはわかっている。ワルターは心の中で、オスカーに答えた。

ヴァーツラフは今のところメルネスに利用価値がある以上、簡単《かんたん》に殺したりはしないはず。救出のため乗り込んでいったセネルたちもそうだ。いや、心が傷つくことはあっても、命までは奪われない。そのことがわかっているから、この場から手を引けというこことなのか。メルネスのことはセネルたちに任せて、自分は次の状況に備えろ——というこことなのか。

それでは、あまりにむごいのではないか。メルネスは今、助けを求めて苦しみの真《ま》っ只中《ただなか》にいるに違いないのに——。

「ワルター？」

心配そうにオスカーが覗き込んできた。

「…………」

ワルターは静かに立ち上がった。

たぶん、今はメルネスを救出に向かうときではないのだろう。今このときを堪《こら》えれば、真の意味でのメルネス復活が訪れるかもしれないのだ。

シャーリィという少女から、メルネスに変貌《へんぼう》を遂《と》げてくれるのなら、息を殺して待つしかない。ワルターはそう思《おも》った。

ゆえに今は、ほかの任務に赴《おもむ》いたほうが気も紛れる。ワルターは個人的な思いを振り切るかのようにその場を立ち去った。後ろでオスカーが何かわめいていたが、聞かないことにした。

2

ついにセネルたちは、『雪花の遺跡』の最深部にたどり着いていた。そこは大理石のような光沢《こうたく》をもつ床が、どこまでも続く大きなフロアだった。

「何じゃこりゃ？」

部屋を歩みながらモーゼスが驚《おどろ》きの声をあげる。天井《てんじょう》いっぱいまで自分たちの頭上を覆う真紅《しんく》の蔦《つた》が、縦横無尽《じゅうおうむじん》に広がっていた。まるで巨大な珊瑚礁《さんごしょう》の中を歩いているような錯覚《さっかく》さえも覚える。

「中心で光ってるものがあるぞ。あれは何だ？」

ウィルが目を細めて言った。真紅の蔦が奥のほうで密集している。それは大きな水晶を拘束《こうそく》しているかのようにも見えた。

近づくと、それはセネルたちの接近に反応するかのようにまばゆく輝き始めた。一行はまぶしさのあまり足を止めた。

だが、セネルだけは何かに導《みちび》かれるように、水晶にひとり歩み寄っていく。

「セネル？」

危険だぞと、ウィルが止めようとしたときだった。

「嘘《うそ》だろ……」

セネルが水晶を見つめたまま呆然《ぼうぜん》とつぶやいた。それを聞いた四人は、いつも冷静な彼が珍《めずら》しく動揺《どうよう》しているのを察し、驚いた。

「嘘だろ？　嘘に決まってるよな？　おい！　こんなこと！　こんなことあるのかよ！」

次第《しだい》にセネルの声が怒《お》りを帯びてくる。

後ろに立っている四人は顔を見合わせた。まぶしく輝くその水晶の中に、セネルは何を見つけたのだろう。

「嘘だろ？　こんなことあってたまるかよ！」

ついにセネルは、自分を見失ったかのように声を荒《あ》らげた。

「落ち着け、セネル！」

「どうしたんじゃ！」

ウィルとモーゼスが心配して駆け寄ろうとする。

「放せ！」

後ろから腕を摑《つか》んだウィルとモーゼスを、セネルは振り払った。

「待ってろ、今ここから出してやる！　すぐに出してやるからな！」

ウィルとモーゼスを振り払ったセネルは、その水晶の分厚《ぶあつ》い表面を何度も殴《なぐ》り始めた。

その我《われ》を見失ったような行動に、クロエとノーマは言葉が出なかった。一体何があったのかと、彼女たちも自分の目で確かめようと水晶に駆け寄った。

水晶のようなそれには、内部に水が満たされていた。そして水の中に、垂直に立って浮かんでいる人影が次第に見えてくる。どうやら女性のようだ。

「シャ、シャーリィ？」

クロエが閉じ込められた女性の名を叫びかけた。ウィルたちが「何？」と緊迫《きんぱく》した。しかしすぐにクロエは「いや、違う…」と訂正《ていせい》した。

まぶしくてよくその顔が確認できないが、目がまぶしさに慣れてくると、髪形や顔だちが少し違うことがわかるようになってきた。

光の中からうっすらと浮かび上がるその顔だちは確かに彼女に瓜二《うりふた》つだが、黄金の髪を片方で結《ゆ》い、白いローブをまとう、シャーリィより少し年上の女の子だった。そのやさしそうな顔だちは、今は深い眠りについているように見える。

シャーリィでないとすると、誰だろう。一同が思った瞬間だった。セネルが水晶の中に閉じ込められた女性の名を叫んだ。

「ステラ――――――――ッ！」

セネルの絶叫《ぜっきょう》に、皆が彼のほうを振り返る。知り合いだったのか。あらためてその水の中に浮かんでいる女の子を見つめた。

「ステラ……誰が、こんなことを……」

セネルの声は、こみあげてくる激情にふるえ、かすれていた。

そのとき、ウィルは人の気配を感じた。

振り返ると、深紅の鎧をまとう大男が現れた。敵の長が、五人の前に現れたのだ。

「ヴァーツラフ！　お前が！」

セネルはその男に対して、すでに身構えていた。

「娘が目覚めていれば、再会の感激もひとしおだったろうが……残念だったな、セネル」

歩み寄ってきたヴァーツラフは、あざけりの笑みを浮かべた。

「ステラに何をした！」

セネルは今にも飛びかからんばかりの勢いで、ヴァーツラフに叫ぶ。

「見てわからぬか？　我が母国クルザンド王統国のために、その命を捧《ささ》げているのだ」

「何っ？」

「姉妹そろって、太古の力〈滄我砲《そうがほう》〉を甦《よみがえ》らせるためにな――」

「〈滄我砲〉だと！」

「この〈遺跡船〉の主砲だよ。それが手に入れば、我が国は一大帝国を築ける！　喜べ！　お前の愛する姉妹は、偉大なるクルザンド王統国の発展のための貴重《きちょう》な礎《いしずえ》となれるのだ。クックックッ……どうだ、光栄なことだろう？」

「ふざけるなっ！」

セネルは床を蹴って、ヴァーツラフに飛びかかった。

「冥界掌《メイカイショウ》！」

ヴァーツラフが片手をくり出したと同時に、その体から衝撃波《しょうげきは》が飛び出してくる。

「ぐあああっ！」

突進したセネルの身体《からだ》が宙空《ちゅうくう》に弾《はじ》かれた。そして水面の波紋《はもん》のように広がった衝撃波は、後ろにいたウィルたちも巻《ま》き添《ぞ》えにした。

「うわっ！」

ウィルの体が弧《こ》を描くように軽々と吹っ飛ぶ。クロエも、ノーマも、モーゼスも、次次に同じ運命をたどった。彼らは床に叩《たた》きつけられ、そして血反吐《ちへど》を吐《は》いた。

「うぐぐぐ……」

たちまちにしてセネルたちは、戦意を奪われる。五人とも床に突っ伏し、苦悶《くもん》の表情を浮かべていた。ヴァーツラフは、そんな彼らの苦しむ様を楽しむかのように見下ろしながら言った。

「なんだ、メルネスの娘を助けにきたのではないのか？　あっけない連中だ。そんなことで、姉妹を奪い返せるとでも思ったのか？」

セネルは必死に立ち上がろうとする。

「ぐぐっ……ヴ、ヴァーツラフ……ステラを……返せ……」

「返す？　守ることもできなかった奴にか？」

床にうずくまるセネルに向かって、ヴァーツラフは言い放つ。

「三年前、お前は水の民の里で、メルネスとその姉を守りきれなかった！　逃げることしか知らぬ負け犬めが！」

ヴァーツラフは倒れているセネルに歩み寄り、そのもがき苦しんでいる背中を踏《ふ》みつけた。

「うがあっ！」

「貴様ごときに何ができる！」

ヴァーツラフは、さらにセネルの背中を踏みしめる。真紅の鎧をまとったその巨体の重さが、セネルの背中を押《お》し潰《つぶ》そうとする。

「うぐ……ぐほっ！」

またセネルが血反吐を吐いた。そのときだった。

「やめてっ！」

少女の声がフロアに響き渡った。ヴァーツラフが振り返ると、部下に連れられた黄金の髪をした少女が、青ざめた表情で立っていた。


「――お兄ちゃん！」

ヴァーツラフの部下に連れられてその部屋に足を踏み入れたとたん、シャーリィは息を呑んだ。

待ち望んでいた最愛の人との再会は、最悪な状態で訪れた。目の前に広がるのは、ヴァーツラフを中心にして、セネルとその仲間が床に突っ伏して苦しめられている光景だった。しかも近くで輝く水晶の中には、自分の姉――ステラの閉じ込められた姿がある。

「お姉ちゃん！」

はっとして、ステラの許に駆け寄った。お姉ちゃん、お姉ちゃん……と、何度も呼びかけたが、水晶の中で眠るステラに反応はなかった。

「なんて、ひどいことを……」

シャーリィはそれだけをつぶやくのが精一杯《せいいっぱい》だった。ショックのあまり意識がぼんやりとしかけた。するとセネルの苦悶の声が響く。はっとして我に返った。目を向けると、ヴァーツラフが、セネルの背に載せた足に力を込めている。

「メルネスの娘よ。貴様が兄と慕うこの男――助けたくば、封印を解け！」

その命令に、シャーリィは身を凍りつかせる。できないと、首を振りそうになった。私にはそんな力などないと、心の底から叫びたかった。

しかしそれは言えない。セネルたちの命がかかっているのだ。

……だけど、もしも成功してしまったらどうなるのだろう……。

もしも『血塗られた雷』の封印を解いてしまったら、甦った古代の力を用いて、ヴァーツラフはどれほどの悲劇を引き起こすかわからない。

でも、それをしなければセネルの命が危ない。

シャーリィはそのことを想像しただけで体が震《ふる》えた。答えに迷っていると、ヴァーツラフが、

「このまま見殺しにするつもりか？　フッ、兄だ妹だと言っても所詮《しょせん》は血のつながらぬ間柄《あいだがら》。助ける義理などないというわけか！」

と、また倒れているセネルの背中を力いっぱいに踏みつけた。

「ぐあああっ！」

セネルの悲鳴が薄暗いフロア全体に響き渡る。その瞬間、シャーリィは我に返った。

「や、やめて！　お兄ちゃんに乱暴しないで！」

それを聞いてヴァーツラフが笑いだす。

「だったら、お前がこいつの命を救ってみろ。封印を解くのだ！」

ヴァーツラフに一喝《いっかつ》され、シャーリィはビクッとした。

逃げられない……こんなのは夢であって欲しい……。

姉のステラとセネルと三人で暮らした、平和な時間に戻りたい。こんな苦しくて辛いだけの世界にいたくない。シャーリィは胸が張り裂けそうな痛みに翻弄《ほんろう》され、やがて冷静な判断力を失ってしまったかのようにつぶやいた。

「……わ、わかりました……やります……」

もはや選択の余地《よち》はなかった。セネルを助けるためには、この男の言うとおりにするしかない。

シャーリィは、姉のステラと共に水晶の中を満たした真水の中に身を浸《つ》けた。体には幾本《いくほん》かの管が巻きつけられた。おそらくそれが『血塗られし雷』の封印を解く仕掛けと繋《つな》がっているのだろう。

真水の中に全身を沈ませたシャーリィは、そこから外の光景を眺めた。水晶の前にはヴァーツラフとその部下たちが陣取り、そのさらに離れた後ろのほうでは、セネルたちが苦しそうにうずくまっている。

「始めろ。メルネスの娘よ」

ヴァーツラフの号令が、水晶の膜《まく》を越えて聞こえてくる。シャーリィは目を閉じた。

……やらなきゃいけない。私が、ここで……。

心の中でそうつぶやき、静かに祈り始めた。それは昔、メルネスの力を継承《けいしょう》するための『託宣《たくせん》の儀式《ぎしき》』で行ったことと、同じ祈り方だった。

シャーリィは、以前にメルネスの力を継承する儀式『託宣の儀式』を受けて、失敗した経験がある。あのときの水の民の人たちの、失望と落胆《らくたん》の色……周囲の期待《きたい》を一身に背負《せお》うことの重さを知った。それ以来、メルネスという言葉を聞いただけで、拒否反応が出てしまうのだ。

そうした失敗した過去。闇《やみ》となった記憶の部分に、光が当てられたかのように、あのときの光景が甦ってくる。シャーリィは、水の中で首を振った。

「どうした、メルネスの娘？　早く封印を解かんか！」

ヴァーツラフの怒声《どせい》が水晶の中に響く。シャーリィはもう一度祈った。

しかし、すぐに息苦しさが訪れる。水の民だから、真水の中にいて苦しいはずがないのだが。

あらためて集中しようとしても、ためらいが湧《わ》き上《あ》がってくる。この先に進んではいけないという声がする……でも、これを成功させないとセネルの命がない。

「ええーい、まだか！　水の量を増やせ！　すべての管を開くのだ！」

ヴァーツラフが、部下たちに命じている声が聞こえる。なかなか進行しない状況に、苛立ちを爆発させたらしい。

シャーリィは再び念じた。兄と慕うセネルを救うために。

すると、脳裡《のうり》に『託宣の儀式』のときの記憶が甦ってきた。

とたんに心が乱れた。記憶の中で、メルネスになることを拒《こば》んでいる自分がいた。理由はよくわからないが、その思いはシャーリィの心をかき乱し、シャーリィの意識を闇の底へと引きずり込んでいった。


「な、何だ？　どうした！」

　ヴァーツラフが驚きの声を上げた。突然フロア全体が大きく揺れだしたのだ。

　床から突き上げてくるような轟音《ごうおん》が響き、それに伴《ともな》って、振動《しんどう》が激しくなる。その地響きのようなうねりはフロア全体を覆い尽くし、建物全体の崩壊《ほうかい》を予感させた。しかし、それは崩壊などではなかった。永《なが》き眠りについていた、いにしえの力が、再び目覚める鼓動《こどう》のようなものであった。それを証明するかのように、気を失ったシャーリィと、依然として昏睡状態のままのステラを閉じ込めた水晶が、力強く光り輝いた。それはまるで覚醒《かくせい》を告げる――意志を持った光のようにも見えた。

「フハハハ！　そうだ、この反応だ！　感じるぞ！　この反応を私は待っていたのだ！」

　ヴァーツラフが突然、水晶に向かって叫んだ。

　すると、嘘のようにフロアの振動が止まった。

　静かな安定した旋律《せんりつ》を奏《かな》でるかのように、光の律動《りつどう》は鎮《しず》まっていく。メルネスの存在を『血塗られし雷』は認証《にんしょう》したのか――メルネスの存在を受け入れ、その永きに渡り封印してきた鍵《かぎ》を開いたというのか。

　床にうずくまっていたウィルたちは、唇《くちびる》を噛《か》みしめた。敵の長が言っていた〈遺跡船〉の主砲〈滄我砲〉とやらが、これで復活するのか——一瞬にして敗北感に襲われ、全身が震えた。

　——止めなければならない、止めなければ！

　ウィルは自分だけでも立ち上がり、ヴァーツラフと相討《あいう》ちに持ち込めないかと思った。だが、痛めつけられた身体はまるで思うように動かず、絶望的な気分になった。

　奴がくり出す技は、瞬殺《しゅんさつ》のもの。それをもう一度受ければ、ひとたまりもないだろう。相討ちに持ち込むなど、不可能に近い。

「そうだ、いいぞ——〈遺跡船〉に眠る究極《きゅうきょく》の兵器をとうとう我が手にするときがきた！」

　ヴァーツラフは我を忘れたかのように、水晶の前で声をはずませている。それは狂喜《きょうき》に近かった。

「歴史が変わる……世界のすべては、我が意のまま！　フハハハハ！」

　ひとり狂ったように笑う独裁者《どくさいしゃ》の姿がそこにあった。そしてその高笑いが頂点に達したとき、水晶の表面に罅《ひび》が入り、周囲にその破片《はへん》が飛び散るように砕《くだ》けた。

どうやら封印とやらは、完全に解かれてしまったらしい……。

「ククッ……これでよい。あとはそいつらを始末しろ！」

力を手に入れたヴァーツラフは部下に対して、ひとかけらの同情もなく命じた。

まだ戦える状態まで回復しきっていないウィルたちに向かって、ヴァーツラフの部下が迫ってくる。これまでか……と、ウィルは観念した。

だがそのとき、奇跡《きせき》が起こった。

砕け散った水晶の中から、まぶしい光の物体が飛び出してきた。光の中には、蝶《ちょう》のような影が見えた。その刹那《せつな》、光は近くにいたヴァーツラフとその配下《はいか》の者たちに襲《おそ》いかかったのである。

「ぐあっ！」

ヴァーツラフが弾き飛ばされ、床に倒れた。一瞬のことなので、何が起きたのかわからない。だが、光る蝶のような物体はウィルたちにとどめを刺そうとしていた兵士にも一気に迫った。数人の兵士たちは、次々に悲鳴を上げて床に倒れた。

ウィルは、ただ呆然と眺めるだけだった。やがて光り輝く物体は、気絶したセネルの真上で静止し、ゆっくりと舞い降りてきた。

何をする気だろう……ウィルは息を呑んで見守った。やがて蝶のような物体は、腕を伸ばし、倒れているセネルの体をしっかりと抱え込《かか》んだ。そしてセネルの体を優しく宙に浮かび上がらせると、一気にフロアの中を翔《と》び去《さ》った。

「……ど、どこへ！」

クロエが、力を振りしぼって顔を上げる。続いて意識を失っていたノーマやモーゼスもゆっくりと顔を上げた。

「よ、よくわからないが……逃げるとしたら、今だ……」

よろめく体を支えるように踏ん張りながら、ウィルが皆に言った。

「しかし、シャーリィは……ま、まだ、あの中に……」

「そ、そうじゃ……ヴ、ヴァーツラフの奴……倒すなら、今かもしれんのじゃ……」

クロエとモーゼスが言うが、しかし彼らの声に力はない。苦しげに言葉をしぼり出しているだけだ。その状況を一番よくわかっていたのはノーマだった。

「だ〜、もぉ〜、あとあと！　今は、脱出することが先よ〜。セネセネだって、どこへ連れられたのかわかんないんだし」

「ノーマの言うとおりだ。ここは一旦《いったん》……退却《たいきゃく》するぞ。急げ……」

ウィルは、荒い息をつきながら皆に告げ《つ》た。

とにかく全員に回復の時間が必要だった。ヴァーツラフはフロアの奥で倒れてはいたが、どの程度に負傷したのかわからない。奴に決戦を挑《いど》めるような状況ではないことは、明らかだった。現にうめき声をあげて、ヴァーツラフたちは意識を取り戻そうとしている。今ここでまともに闘えば、待っているのは全滅《ぜんめつ》だ。

脱出するチャンスは今しかない。冷静に判断したウィルは、一同を引っぱっていくかのように、あの光る蝶の逃げ去った方角へよろめきながらも歩《ほ》を進めた。

3

セネルは夢を見ていた……。

夢の中で苦しみ、もがいていた。そこは薄暗い中で、煌々《こうこう》と燃えさかる火の手があたりを覆っている。

「村が！　村が燃えている……っ！」

夢の中でセネルが叫んだ。あのときと同じだ――いや、あのときの光景を自分はもう一度見ているのだ。セネルの記憶が次々に甦る。

――その日は、体を壊したシャーリィを治してあげようと、村の外に、特殊な鉱石を取りに行ったあとのことだった。

セネルが村に戻って、寝込んだシャーリィに鉱石を与えたのも束《つか》の間《ま》、ヴァーツラフ軍が大挙して、水の民の里へ攻《せ》めこんできた。

セネルは戦慄《せんりつ》した。陸の民には知られていないはずの湖の集落。そこが襲撃《しゅうげき》を受けて真っ赤に燃えているではないか。

とっくの昔に、やつらとは決別したはずだ！

心の中でそう叫んだ。自分はもうあいつらとは連絡を取り合っていない——それなのに、なぜここがわかったというのだ。

動揺は激しくなった。

セネルはその答えを悟《さと》っていた。認めるのが恐ろしくなっていた。

村の外に出た際、セネルはヴァーツラフ軍の諜報部隊《ちょうほうぶたい》に見つかり、尾行《びこう》されてしまったのだ。

メルネスの末裔を探すために各地へ派遣《はけん》された兵士たちの足跡の調査は、ヴァーツラフが率《ひき》いる軍の諜報部隊によって執拗《しつよう》に続けられていたらしい。何年もかかって……。

そして何番目かに調査の対象となったセネルの足取りは、ついに突きとめられてしまっていたのだ。

やつらなら、やりかねない……。

セネルは、やつらがどれほどの準備期間をかけてメルネスを探していたかを知っている。その執拗な捜索《そうさく》は、メルネス探しを怠《なま》けたり、逃げ出した者を拷問《ごうもん》にかけ、たまには見せしめのために殺したりするほど苛烈《かれつ》なものだった。

そのことをステラは知らない——。

今までにも何度か黙っていることを悔《く》やんだりしたが、このときほど後悔《こうかい》が強くなった瞬間はなかった。だが、悔いている暇《ひま》はない。セネルが燃えさかる村をぼう然と見つめるステラに、ここにいたら危険だと声をかけようとしたときだった。

「彼らの目的はシャーリィよ」

振り返ったステラが、真顔でそう言った。落ち着き払ったその言い方は、まるでこの日のことを覚悟《かくご》していたかのようだ。

「大丈夫よ、あなたのせいだと思ってないから」

「ス、ステラ……」

セネルは聞き間違えたかと思った。しかしあっさりと、そのときは訪れたのだ。

「………」

ステラは何も言わず、うつむいた。その仕草《しぐさ》で、セネルは自分の正体がとっくの昔にばれていたことを悟った。

衝撃的な出来事《できごと》に、さらに衝撃が重なる。水の民が相容《あいい》れようとしない陸の民。ステラはセネルが、メルネスを捜し水の民の里に送り込まれた爪術士《そうじゅつし》だったことを知ったうえで、今まで身内のように扱い、そして受け入れてくれていたのだ。

それをセネルは裏切《うらぎ》ってしまった。いや、危険にさらす立場だということを忘れてしまっていた。

「いいのよ、あの子は……シャーリィは特別な存在だから……いつかこんなときがくるんじゃないかと、覚悟してた。……でも、セネル。あなたの本当のことはシャーリィには言わないであげて。そのほうがいいと思う……」

「……」

セネルは、ステラの気遣《きづか》いに心を痛めた。消えてしまいたくなった。

しかし彼女は、セネルのことを責めなかった。

「私、セネルがここにきてくれたこと、本当に感謝してる。セネルがいたから、陸の民を嫌いにならずに済んだ——」

燃え盛る炎に照らされ、ステラの目に浮かぶ涙が輝いている。

彼女は優しい。だから、セネルのことを傷つけまいとして、わざと気遣っているのではないだろうか。こんなときなのに。いや、こんなときだからこそ言うのだろう。ステラはそういう女性なのだ。

「だから、シャーリィを守ってあげて——セネルの持てる力で！」

ステラはきっぱりと言った。

「シャーリィのところに、敵が迫っているはず！　私は、ここでみんなを守るから！」

「ス、ステラ……」

セネルは首を振った。ステラを置いて行けるわけがない。

「あとで、きっと追いつくから。シャーリィを連れて逃げて。あの子はセネルのことを信じているから。守ってあげて欲しいの！」

「だけど……」

「急いで、お願い！」

ステラが叫んだ。涙を溜《た》め、セネルに強く訴《うった》えている。そこから、記憶がぼんやりとした。

——シャーリィはどこだ！

セネルは、気がつくと燃え盛る村の中をさまよっていた。シャーリィの姿を探していた。彼女は俺《おれ》のことを信じている。水の民の里にヴァーツラフ軍を呼び寄せてしまったのは、セネルだということを知らないままで信じてくれている。そんな彼女を裏切ってはいけない。どんなことをしても彼女を守るのだ。

セネルは、目の前に現れたヴァーツラフ軍の兵を一撃《いちげき》で倒した。怒りで気が変になりそうだった。しかし意識をはっきり取り戻せたのは、目の前の兵が倒れたあと、その後ろに今にも連れさられようとするシャーリィを見た瞬間だった。

「シャーリィ！」

セネルは慌《あわ》てて駆け寄った。彼女は連中に両腕をつかまれ、囲まれている中で泣き叫んでいた。やがてセネルのことに気がついて、助けを求めてくる。彼女を連れて行こうとする数人の兵士がケタケタと笑っている。セネルは爪術を使って、そいつらを次々に打ち倒した。紅く炎上する炎のように、全身にたぎる怒りを燃やして——。

連中を倒したあと、解放されたシャーリィが泣き叫びながらセネルに抱きついてきた。何かを言っている。でも彼女の声が聞こえない……。

瞼《まぶた》を開けると、そこは薄暗い森の中だった。周《まわ》りにはウィルたちがいる。心配そうにセネルを覗き込んでいた。傍《かたわ》らにいたノーマとクロエの表情が緩《ゆる》んだ。

ノーマは、ここは『帰らずの森』だよといった。そうかと、セネルはつぶやいた。またシャーリィを助け出すことに失敗したのだ。

今度はシャーリィだけではなく、ステラも……。

セネルは悔《くや》しげに息をつき、また目を閉じた。

4

〈滄我砲〉の封印が解かれたことと関係あるのだろうか。異変はまず〈遺跡船〉と呼ばれる島を取り囲む海面に現れた。海底から急激な速度で押し上げられた巨大な物体は、古代文明の遺跡であったらしい。巨大な円柱となった塔が、間隔《かんかく》を置いて何本かせり上がってくる。雄大な光景だが、島に住む生き物たちにとっては恐怖の時間だった。揺れ続ける大地の地響きに動物たちは逃《に》げ惑《まど》い、森の中からは鳥の群れが逃げるように飛び立つ。海面から切り立った絶壁《ぜっぺき》には罅が走り、えぐられるかのように海に倒れていく。

島の形が変わろうとしている。それはまさに海の中に隠れていたものが表に出てくるという、島の変貌《へんぼう》だった。

ウィルの提案によって、追手を撒《ま》くため時間を稼《かせ》ぎながら森の中を移動していたセネルたちは、地響きと揺れが止まったことを確認して、見晴らしのいい丘の上に向かった。

「湖が……なくなっちょるっ！」

山賊モーゼスはその丘の上に立った瞬間、呆然とした。あとに続いた皆も言葉を失った。

広大な湖が干上《ひあ》がったかのように、湖水《こすい》を地割《じわ》れから海面へと流し尽くしていた。

「船全体が、浮上したせいだな——」

ふいに後ろから声がした。

セネルたちが振り返ると、ひとりの老人が立っていた。白いローブをまとい、黄金に輝く髪をしている。

「久しぶりだな、セネル君。村が襲われて以来だから三年ぶりになるか」

「マ、マウリッツさん——」

セネルが意外そうに言った。

老人の名はマウリッツ。水の民の里の村長だった人であり、水の民の指導者ともいえる高位な存在だった。

「マウリッツさん、どうしてここに？」

セネルが訊《たず》ねた。

「同族の頼みとあっては、むげにできないものでね」

「えっ？」

「出過ぎた真似《まね》かもしれんが、君たちを助けにきたんだ」

いつの間にかマウリッツのそばには、フェニモールという少女が立っていた。彼女も黄金の髪に白い衣をまとっている。シャーリィを探す途中《とちゅう》、助けた水の民の少女だった。

彼女は牢獄《ろうごく》に閉じ込められていたときの恐怖をまだ引きずっているのか、表情は暗く沈んだままで、セネルたちのほうを見ようともしない。それでも、彼女がセネルたちを助けるよう訴えてくれたからこそ、マウリッツが動いたのだろう。

「さて、諸君らも見てのとおりだ。状況はかなり緊迫してきている」

マウリッツは、けわしい表情になってセネルたちに言った。

「四千年の眠りを経《へ》て、とうとうこの〈遺跡船〉が動きだす——あの巨大な建物を見たまえ。あれが、この船の艦橋《かんきょう》に当たる施設だよ」

「艦橋？」

ウィルたちは、マウリッツがさし示した方角をあらためて見た。遠くにそびえ立つ古代文明の遺跡が、天に向かうかのように細長い円筒形の塔としてその姿をさらしていた。

「わざわざ隠していたというわけか？　なぜそのようなことを？」

ウィルが訊ねる。

「あそこからなら、メルネスでなくとも船を自在に操作できるからだ。巨大な力をたやすく用いることは、往々にして、不幸しかもたらさぬ。だから、封印されていた」

マウリッツは淀《よど》みなく答える。

「シャーリィは……あの艦橋とやらへ、連れて行かれるのか？」

気になっていたことをセネルが訊ねる。

「間違いない」

マウリッツはうなずいた。

「ヴァーツラフめ……勝手なことをしよってからに！」

モーゼスは悔しげにうなった。

セネルはそれを聞いて表情を曇《くも》らせた。みんなの輪から離れるように歩みだして、丘の上からの変わり果てた光景を眺めた。

……シャーリィの運命はどうなってしまうのだろうか。

きっと今頃、ひとりで心細くなっているのに違いない。〈遺跡船〉の島を変形させるほどの天変地異《てんぺんちい》。その引き金となる封印を解いたのは、彼女自身の力なのだ。おそらくその事実に動揺していることだろう。

囚われの身で移動させられる孤独《こどく》な時間は、彼女の何も解決しない。

姉のステラは眠ったままで、不安定になりかかっているシャーリィの心を支えるものは誰もいない。セネルはそのことを思うと辛くなる一方だった。

そのときである。ひとりのヴァーツラフ軍の兵士が、セネルたちがいる丘の上に駆け寄ってきた。

「！」

セネルたちが一斉に緊迫して身構えた。だが、たったひとりで駆け寄ってきたその兵士は、セネルたちのことを気に止める様子もなくマウリッツの許に近づいていったのだ。

「……？」

セネルたちは、ぽかんとした。その前で、近づいてきた兵士がマウリッツに耳打ちをしている。そして話が終わると、またその兵士は丘の上から走り去っていったのだ。

呆然とするセネルたちに向かって、マウリッツが言った。

「今の者は、私の部下だ」

「部下を変装《へんそう》させて、ヴァーツラフ軍に紛れこませているとはな」

ウィルが、恐れ入ったと言わんばかりにため息をついた。

「そのおかげで、情報を素早《すばや》く手に入れることができる」

マウリッツが笑みを浮かべた。そして部下から仕入れたばかりの新しい情報をセネルたちに伝えた。

「ヴァーツラフが、ステラとシャーリィを連れて、『雪花の遺跡』を出発したそうだ」

「シャーリィが……」

すぐさま飛び出そうとしたセネルに水をかけるように、マウリッツは話を続けた。

「こうなった以上、互いに時間がない。ヴァーツラフが〈滄我砲〉を撃《う》つことを阻止《そし》し、メルネスとその姉を助け出す……目的が一致《いっち》していながら、別々に動いていても効率が悪いだけだ……どうだろう？　私たち水の民と手を組んでみないかね？」

「……えっ？」

マウリッツの提案は、ウィルたちにとって予想もしなかったことだった。

「水の民と陸の民……互いに肩を寄せ合ったことは今までになかった。しかし今は共通の敵がいる。協力し合ったほうが、互いの目的にも早く近づけるのではないかな？」

「………」

ウィルたちはすぐに返事ができなかった。

5

マウリッツたちの陣営は、森の中に結界《けっかい》を張って隠されていた。何の変哲《へんてつ》もない静かな森の一角に、丸太で組みあげられた立派《りっぱ》な造りの庵《いおり》が樹木の影に隠されている。

その中でワルターは出発の準備を整えていた。自分に与えられた個室で水の民の象徴ともいえる白いローブから、陸の民に変装する。ここにいるときだけは水の民の装《よそお》いをして過ごしているのだ。もはや習慣のようなものと言っていい。

コンコン！　ガチャッ！

「ワルターっ！　残念だけど、僕は待機《たいき》になっちゃった！」

ノックと同時に、扉を開けて入ってきたオスカーがまくし立てる。

「ごめん、手伝えなくて！」

「別に謝《あやま》ることじゃない」

ワルターはそっけなく答えた。しかしオスカーは本当に残念そうだった。腕を組んで考えこみ、質素《しっそ》な部屋の中を歩き回りながらいまだに「何とか変更《へんこう》してもらえないものだろうか」と唸《うな》っている。

着替《きが》え終わったワルターは構《かま》わず部屋の外に出た。オスカーは「見送るよ」と言って追ってくる。後ろから何か言ってくるが、無視し続けた。やがて廊下の途中で待機していた自分の部下たちと合流し、連中を伴《ともな》って出口へと向かった。

そして庵から出たとたん、ふいに知った顔と出くわした。

「………」

ワルターは足を止め、そいつの顔をしばし睨《にら》みつけている自分に気づいた。

セネルたちだった。マウリッツに案内されて水の民の庵に向かってきたところである。彼らは結界が張られていたことに驚いたのか、視線を庵のほうに向けてワルターの存在にはまだ気づいていない様子であった。しかし奴だけは一番最初に気づいた。

「お前は！」

セネルが立ち止まって声を上げる。愚かしい陸の民にふさわしいご挨拶《あいさつ》だった。

「そういえば、諸君《しょくん》らは前に、ワルターを助けてくれたのだったな」

案内してきたマウリッツが、セネルとワルターを見て言った。

「私からも改めて、礼を言わせてもらおう——」

と、軽くセネルたちに頭を下げた。

しかし当のワルターは頭を下げるどころか、挨拶ひとつせず、まったくの無反応だった。何か言おうとすれば、セネルに対する怒りや憎しみが噴《ふ》き出《だ》してしまいそうだったのだ。

やがてその場には白《しら》けた空気が漂った。

「ワルちん本人からは、ありがとうを聞かせてもらってないけどね」

さっそくノーマは、クロエの耳元で嫌味《いやみ》をささやいた。

「意外と根に持つのだな？」

クロエが小声で答える。

「親しげにワルちん言うの、やめえ」

モーゼスが二人の間に割って入って言う。いけ好かない奴に対して親しみの湧くあだ名など必要ないと言いたかったらしい。

そうしたヒソヒソ話がセネルの後ろで始まったのを見て、ワルターは気にも止めずにマウリッツに対して状況を報告した。

「今から例の場所へ〈ささやきの水晶〉を取りに行く」

「わかった。気をつけて行くがよい」

マウリッツが言葉をかける。それを受けてワルターは部下を連れて歩きだした。

愛想《あいそ》のないやつぅ――セネルの後ろで、ノーマが言った。

ワルターはまったく気にせず歩いた。

しかし、奴の前を通り過ぎようとしたときだけ、ちくりとするような視線を感じた。なぜかその瞬間に、怒りがこみ上げ、奴に勝負を挑みたい衝動《しょうどう》に駆られた。

それは、メルネスの心を惑わす者への殺意に近いものだった。だが、ワルターはその思いを抑《おさ》えこんだ。今はそのときではない、と思ったからだ。

一方のセネルも、ただ彼を見送るだけだった。今まで謎《なぞ》だった男の正体を知って合点《がてん》がいったにも拘《かかわ》らず、それ以上の言葉が出てこなかった。

ワルターがシャーリィのことを執拗に追い回していたのはシャーリィを庇護《ひご》するためだったのだろう。それがはっきりとわかった今、目的が一緒だったことで、セネルはひとまず安心した。

しかし、それでも安心できないものがあった。シャーリィに対してのものではなく、もっと別なことで、胸騒《むなさわ》ぎを覚えた。

それは危険なものだった。あの空飛ぶ男の瞳の奥から放たれてくる異様な敵意、そして理由は不明だが、復讐《ふくしゅう》のようなまなざし……それは、ほかの誰にでもない、自分だけに向けられてくるものだ。

奴は、任務以上の何かをシャーリィに対して抱いている……。

たぐり寄せた答えは、その可能性についてだった。シャーリィに対して、近づくことを許さない。さっきの視線が牽制《けんせい》を物語っているのなら、すべて頷《うなず》ける。

おそらくセネルは、近い将来にあの空飛ぶ男――ワルターと闘《たたか》うことになるのだろう。セネルがシャーリィのそばにいたいと願うなら、それは避《さ》けられない衝突《しょうとつ》になる可能性が高い。ワルターはそれを決意しているかのようだった。

だが今は、そのときではなかった。

くるべきときが訪れるまで、勝負は預けられている。セネルはそのことを予感して、出発したワルターたちを見送った。

そしてそのあと、ウィルたちと共に水の民の庵の中へ足を向けた――。

TALES OF LEGENDIA

第二章
導かれし爪術士たち

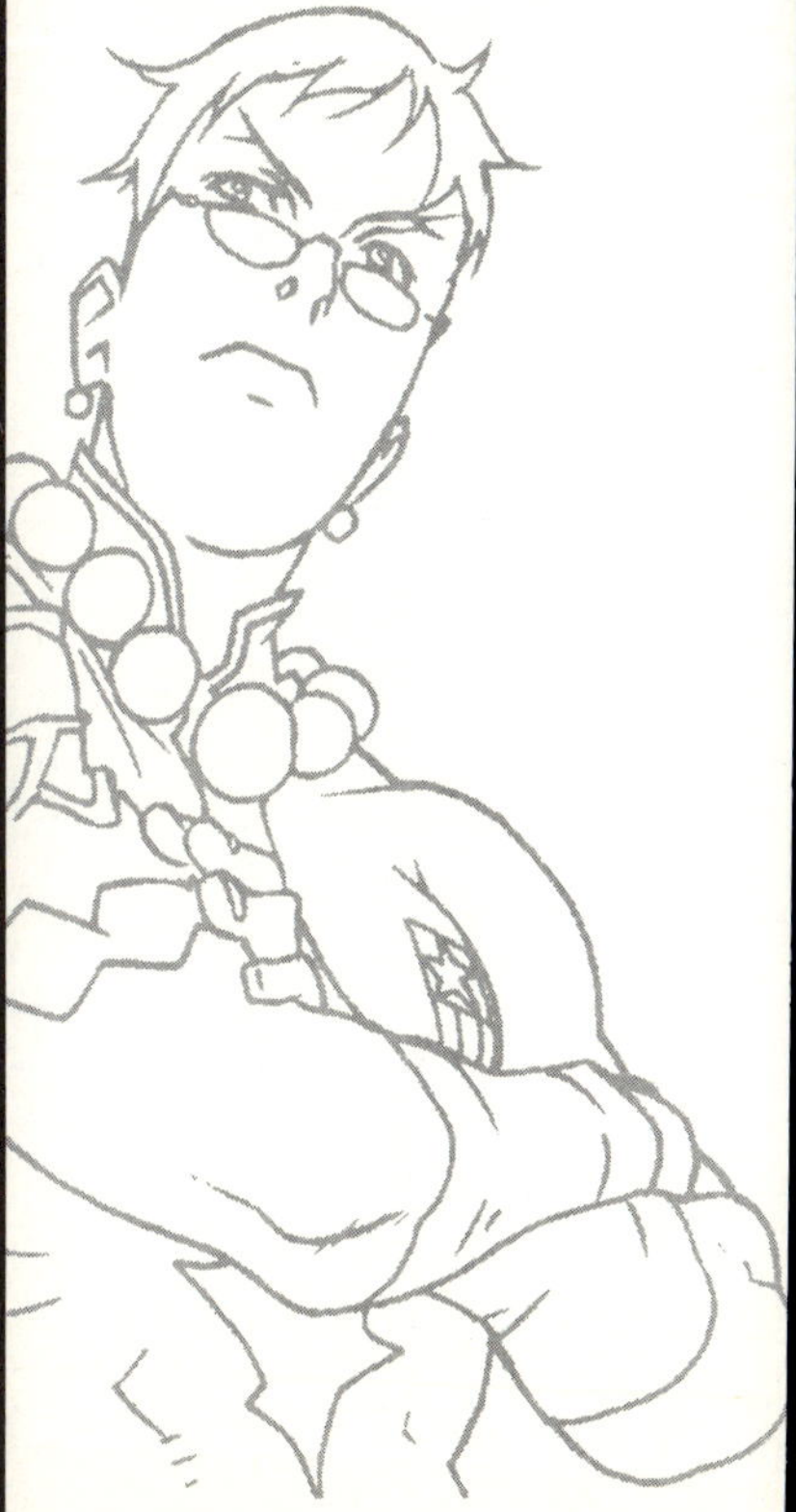

1

「〈滄我砲《そうがほう》〉のエネルギー源は、水の民の命そのものなのだ――」

マウリッツは庵《いおり》の中の大広間に入ってから、重大な秘密を明かした。

セネルたちはそれを聞いて、絶句《ぜっく》した。

燭台《しょくだい》の灯《あか》りが照らす薄暗い部屋には作戦会議用の大きなテーブルがあり、十人ほどがかけられる木の椅子《いす》が周《まわ》りを囲んでいた。着席したセネルたちの中で、冷静なウィルが口を開く。

「……それは本当なのか？」

席に着いたウィルは皆を代表して、マウリッツに訊《たず》ねる。

マウリッツは静かに頷《うなず》き返した。

「我々、水の民が独自に調べた古い記録によると、〈滄我砲〉を一回発射するたびに多くの水の民が命を散らしたと残されていた……おそらくヴァーツラフに捕《と》らわれたステラとシャーリィも……」

ガタッ。

ふいに椅子から立ち上がったのはセネルだった。顔面を蒼白《そうはく》にしてマウリッツのことを見つめている。

マウリッツは、セネルの怒りを鎮《しず》めるかのように穏《おだ》やかに言った。

「信じたくないだろうが、セネル君……彼女たち姉妹は、水の民として高い能力を持つがゆえに、利用価値も高いとみなされてしまったのだ」

「リッちゃんたちって、弾《たま》扱いってこと？」

「ノーマ、よさないか」

ウィルが止めた。

ノーマは、相手のことをよく自分がつけたあだ名で呼ぶ。ちなみにリッちゃんとは、シャーリィのことであった。この傾向《けいこう》はモーゼスにもみられ、彼も独自のあだ名をつけて呼ぶところがあるのだが。

「――何でそんなものを作ったんだ！」

急にセネルは拳《こぶし》でテーブルを叩《たた》いて、怒りをあらわにした。

はるか古代の水の民に対して、いちばん言いたいことだった。

「セネル君。気持ちはわかるが……すでに存在しているものを批判《ひはん》しても、何の解決にもなりはしない。それよりも、これからのことを考えよう。太古《たいこ》の兵器〈滄我砲〉が甦《よみがえ》った今、ヴァーツラフにそれを使用させてはならない。そこでだ——」

マウリッツは一旦《いったん》話を止《や》めて、テーブルを囲む一同を見渡した。皆、それぞれに緊迫《きんぱく》した面持《おもも》ちであった。ウィルだけが興味ありげに身を乗りだす。

「我々、水の民は——諸君《しょくん》ら、陸の民との同盟《どうめい》を希望する」

「——」

マウリッツの言葉に、みんなが息を呑《の》んだ。

水の民とは、今までその存在がほとんど知られていなかった種族である。

歴史について深く学んだ者が、ごくたまに書物などで目にする雑学のひとつという程度だった。

彼らは、髪《かみ》の毛が青く輝き、陸の民が知らない人里離れた場所で暮らしている——知り得る内容はそのぐらいで、あとのことはほとんどわからない。なぜ彼らが陸の民を避《さ》けるように暮らしているのかも不明であり、確かに存在しているのかどうかさえ疑わしい存在であった。中には、彼らは、もう滅びた種族なのではないかとさえ言い出す学者もいたほどである。

しかし今、彼らは現実にその姿を現し、存在をウィルたちに示した。それどころか、これまで交流さえ持たなかった陸の民と、手を組みたいと言いだしたのだ。

本気なのか――セネルたちは、そう云《い》いたげな表情を浮かべた。それを見越してか、マウリッツは深い青色をした瞳で、ウィルを見つめて言った。

「どうだろう、ウィル君……君の後《うし》ろ楯《だて》をしている源聖《げんせい》レクサリア皇国《こうこく》と、連絡を取っていただけないだろうか？」

「何だって――」

いきなり大国の名前が出てきて、クロエが声を上げた。

源聖レクサリア皇国とは、大陸中心部にある王政国家で、世界最強と目《もく》される大国である。

「オレが、源聖レクサリア皇国と関係があることをご存知《ぞんじ》だったのか？」

冷静な口調でウィルが訊ね返すと、マウリッツは自信ありげに頷いた。

「もちろんだ。源聖レクサリア皇国が、結構な数の兵員をこの船に極秘配備《ごくひはいび》していることを、我々はすでに突きとめている」

何もかもお見通しと言わんばかりに、マウリッツが微笑《ほほえ》む。何しろ敵のヴァーツラフ軍にまで自分の部下を潜《もぐ》り込《こ》ませるほどの情報通だ。ウィルは下手《へた》な言い訳などしないほうが賢明《けんめい》だと考え、頷いたうえで言った。

「では、仮に同盟がうまくいったとして、果《は》たして勝算があるのか？」

「ある。今ならな」

「わお」

マウリッツの力づよい返答に、ノーマは胸を躍《おど》らせる。

「その言葉、本当じゃろうな？」

モーゼスは真剣《しんけん》な表情でマウリッツに念を押した。

「そうでなければ、わざわざ話したりはせんよ」

どのような勝算があるのか具体的には口にしなかったが、マウリッツは本気のようだった。ウィルがその返事をする前に、先に興奮《こうふん》したのはクロエだった。

「レイナード、同盟の話、ぜひ進めるべきだ！」

立ち上がって、ウィルに向かって返事を促《うなが》してくる。

するとと、

「ウィル！」

すでに立っていたセネルも、答えをせかした。

考えてみれば、ヴァーツラフはセネルたちに対して圧倒的な力の差を見せつけてきた。

今までのようにやみくもに闘《たたか》うより、情報網《じょうほうもう》の優《すぐ》れた水の民と手を組んだうえで闘ったほうが、有利な展開に持ち込める可能性は高い。しかも、同盟を結べば兵力が倍以上になる。

断る理由などない。いや、むしろ水の民と陸の民が協力しようという歴史的な出来事《できごと》だと言ってもいい。

「わかった。仲介役《ちゅうかいやく》を引き受けよう――」

皆の願いを聞き届けたかのように、ウィルはマウリッツに返事した。その瞬間セネルたちの思いが一気に弾《はじ》けた。

「ヒョオオオオッ！　行ける！　まだまだ行けるぞォ！」

「まだ、可能性はあるんだな。あきらめなくてもいいんだな！」

モーゼスとクロエが、まるで勝ったかのように昂奮《こうふん》する。

だが、一同が喜び合えたのはそこまでだった。ウィルは無情《むじょう》にもセネルたちに対して冷たく言い放ったのだ。

「だがお前たちは、事態《じたい》が収まるまで、ここでおとなしくしていろ」

「事態って？」

ノーマが、まさかという顔をする。ウィルは感情を殺して答えた。

「戦争が終わるまでだ」

短いそのひと言で、セネルたちは邪魔者《じゃまもの》扱いを受けている状況に気がついた。

当然、承服《しょうふく》できるような話ではない。

「ワイは子分どもの仇《かたき》を、討《う》たにゃあならんのじゃぞ！」

「私にも、決着をつけねばならない相手がいる！」

「ステラとシャーリィが危険なんだぞ。放っておけるか！」

モーゼス、クロエ、そしてセネルは、激昂《げっこう》し、自分たちの立場を次々に主張した。自分たちにとっても、これは意味をもった闘いなのだ。決して他人事ではない。自分たちにとっての――。

「だからお前たちはガキだと言うのだ」

ウィルは一喝《いっかつ》した。その表情は、私情など挟《はさ》む余地《よち》のない厳《きび》しい顔つきだった。

「オレが心配しているのが、まさにそれらの点だというのがわからんのか？　お前たち三人はヴァーツラフに対して感情的になりすぎている。うらみ、仇、身内のように親しい妹を救いだす――それらは、軍隊を動かすときに邪魔なものでしかない。戦場で勝手に飛び出されたりしては、たまったものではない」

「そんなこと！」

クロエが反論しようとした。だがウィルは、彼女に対して手をかざして制止する。

「だったら、私情をすべて捨てられるか？」

「うっ……」

とたんに三人は、言葉に詰《つ》まった。

身におぼえのある話である。今まで、追手のヴァーツラフ軍と接触したことが何度もあった。そのとき、クロエとモーゼスは敵の挑発《ちょうはつ》に乗って深追いをしてしまい、そのために仲間も巻き込んで、あやうく全滅しかけたことがあったのだ。二人とも身内や家族を殺された思いに翻弄《ほんろう》され、自分を見失ってしまっていたのだ。

そのことをウィルは言っていた。

これからは国同士の闘いになるのだから、個人の出る幕《まく》はない——そのとおりだった。

今までなりふりかまわず闘ってきたが、どれも運だけで乗り切ってしまったと言えなくもない。セネルたちが本当に強いのなら、同盟をむすんだ軍隊の力などアテにせずに勝てていたはずなのだ。

それが自分たちもよく知る結果であり、実情だ。けっして同盟軍から特別扱いされるような最強のメンバーではない。そこまで強いチームにはなっていないのだ。ゆえに水の民のマウリッツからも、

「セネル君、それに他の諸君も、今まで本当によくがんばった。あとは我々に任せて、ゆっくり休んでくれたまえ」

などと言われて、フェニモールに地下の仮眠室へと案内されるような客人扱いを受けてしまったのだ。

夜が更《ふ》けると水の民の庵のまわりは驚《おどろ》くほど静かになった。

セネルは憤《いきどお》りでなかなか眠りにつくことができなかった。あろうことかウィルから子供扱いされ、もう手を引けと言われたのだ。冗談《じょうだん》ではない。シャーリィを助けだすのは、この自分なのだ。この自分を置いてほかにはいないはず。そう反撥《はんぱつ》した。だが、認められなかった。

外の空気を吸おう、セネルはこっそり庵の地下にある仮眠室を抜けだした。アーチ状になった出入り口をくぐると、風もなく虫の音《ね》もしなかった。夜空を見あげれば、星がまたたいていてきれいだった。シャーリィに見せてあげたいほど夜空は一面の紺色《こんいろ》で、そこに星がちりばめられている。

ふとセネルは思った。シャーリィも、古代文明の力との関わりや、メルネスという、いにしえの統治者《とうちしゃ》の末裔《まつえい》であったりしなければ、戦争の道具に利用されることもなかったのだ。一緒《いっしょ》にこの星空をのんびりと眺《なが》められるような、平穏《へいおん》なときを過ごしていたはずなのだ。

それなのに、不幸にさせてしまった。

彼女たち——シャーリィを、そしてステラを不幸にしてしまったのは……いったい何が原因だったのか。

その発端《ほったん》の事実を思い返すと、セネルは自分だけが呑気《のんき》に星空を見あげているのが辛《つら》くなってくる。

きっかけは、自分がつくりだしてしまったようなものだ。

俯《うつむ》いて息を抜いた瞬間に、セネルに後悔《こうかい》がよぎる。そもそも、この〈遺跡船《いせきせん》〉と呼ばれる島にきてしまったことがいけなかったのだ。

シャーリィを連れて、この島にきてしまったことが……。

2

セネル・クーリッジは、マリントルーパーとして湾岸警備《わんがんけいび》の職《しょく》に就《つ》いていた。

水の民の村を出て、シャーリィを匿《かくま》う日々の生計《せいけい》はその仕事の稼《かせ》ぎによってまかなおうと思った。強くなりたいと願っていたセネルには腕試《うでだめ》しも兼《か》ねられ、また追手の情報を探ることもできて一石二鳥の仕事と言えた。

一方のシャーリィは、セネルが船に乗って湾岸警備に出かけている間、いつも陸の家の中でお留守番《るすばん》。自分が大切にされていることは嬉《うれ》しいけれど、彼女も自分が働いてセネルとの暮らしをよくしたいと常々言っていた。

しかしセネルはそのことについて首を縦《たて》に振らなかった。やはり追手の目が怖かったからだ。うかつにシャーリィを外に出すと、血まなこになって探しているヴァーツラフ軍の連中に見つかる確率が高まる。家の中で家事ばかりさせているシャーリィに対しては申し訳ない気持ちもあったが、しかし、ステラとの約束も忘れられない。

「大丈夫だよ、私ちゃんと変装《へんそう》するから」

シャーリィはそう言って呑気に笑った。それに、もうあの人たちはあきらめているような気がするの、とまで言った。

セネルは彼女のその言葉に押されて、外出を認めるようになった。追手に見つかるかもしれないという心配をよそに、危機《きき》はまるで訪《おとず》れなかった。

長い時間、二人は流れ着いた港町で平穏な日々を過ごすことができたのだ。思えば、それが二人にとって最も楽しい時間だったかもしれない。

半年が過ぎ、一年が過ぎ、そして三年が過ぎようとしていた。さすがのセネルも緊張《きんちょう》が解け、油断《ゆだん》しはじめていた。そんな気の弛《ゆる》みさえも自覚しなかったとき、奴らは唐突《とうとつ》にその港町にやってきてしまった。

セネルは慌《あわ》ててシャーリィをマリントルーパーの哨戒艇《しょうかいてい》に乗せ、港町から脱出した。再び逃亡生活の始まりである。行く当てもなく、沖へ沖へと船を走らせる。

気がつくと嵐に遭遇《そうぐう》し、そして海面を割って登場した竜のような怪物に襲《おそ》われた。

「シャーリィ、下がって！」

セネルはシャーリィを守るため、必死に戦い、怪物を倒すことに成功した。だが、そのことに気をとられていたせいで、巨大な船と衝突《しょうとつ》しかかっていたことに気づかなかった。

「……こ、これは何だ!?」

目前に迫《せま》る巨大な岩肌。セネルは戦慄《せんりつ》し、舵《かじ》をきって衝突を免《まぬが》れようとした。だが、追いつかない。船だと思ったそれは——。

「嘘《うそ》だろ……」

セネルは目を疑《うたが》った。それは、海上を進む島であった。哨戒艇が島に近づいているのではなく、島のほうが船のように海上を走ってこちらに近づいていたのだ。海の上ではなかなか距離感《きょりかん》がつかめなかったが、とてつもなく大きな存在である。

それこそが――のちに知る〈遺跡船〉。全長千キロメートルを超える巨大な船として伝えられる古代文明の宝庫だ。

船という割には外観《がいかん》は土壌《どじょう》に覆《おお》われ、木が生《お》い茂る豊かな自然をたたえた島としか見えない。それが時折、船のように海面を走るというのである。

セネルとシャーリィを乗せた哨戒艇も、ちょうどその〈遺跡船〉が海を走るときに遭遇し、そして難破《なんぱ》してしまった。

翌朝、目覚めてみるとセネルとシャーリィは、その〈遺跡船〉の海岸に漂着《ひょうちゃく》していた。哨戒艇はもう壊《こわ》れてしまって、動かすことができない。しかもシャーリィが、海水を浴《あ》びてしまったために体を弱らせていた。

シャーリィは『託宣《たくせん》の儀式《ぎしき》』に失敗してから、海水を浴びると体調を崩《くず》しやすくなっていた。セネルもそのことをわかっていたが、しかし追手の連中から逃げるには海上に出るしかなかったのだ。

「海水を浴びると体調を崩し、真水に浸《つ》かると元に戻る、だと……」

海岸で出会ったウィルは最初そう言って、シャーリィの体質に驚《おどろ》いた。見上げるばかりに丈高《たけたか》く、いかり肩のがっちりとした体つきをしていた。船上にある灯台《とうだい》の街の保安《ほあん》官《かん》のような存在だった。

　セネルは仕方《しかた》なく、ウィルに真水の湧《わ》いている場所を訊ね、そこにシャーリィを運ぶことにした。

　泉にたどり着くと、ウィルは水の中に長い時間沈んでいても平気なシャーリィの姿に、あらためて目を見張《みは》った。

「あの髪の光り方。まるで……まるで〈輝く人〉そのものじゃないか」

　伝説にある水の民──その中でも特に強い力を行使した水の民の統治者が、〈輝く人〉と呼称《こしょう》されていた。ウィルは以前に文献《ぶんけん》で知った内容を思い出していた。

「じろじろ見るなって言ってるだろ」

　泉の中に身を沈ませて治癒《ちゆ》を行うシャーリィをかばうようにセネルは言った。水の民だという証拠《しょうこ》をあまり他人に見せたくなかった。

　だがウィルは考え事をするのが好きな性格なのか、ひとりでブツブツとつぶやき出す。

「内海に立ち上った〈光の柱〉、それに〈輝く人〉……言い伝えの通りだな……あの子、一体何者だ？」

　知るのは当然の権利と言わんばかりに質問してくる。

セネルは黙《だま》って睨《にら》みつけた。初対面の相手にシャーリィの秘密を漏《も》らせるはずもない。

セネルにとっては偶然と思いたい漂流《ひょうりゅう》であったが、ウィルにとっては言い伝えと符合《ふごう》したところから、興味の持てる対象になったらしい。

彼が言うには、あるとき〈遺跡船〉が突然進路を変えて海上を走り出した。そしてしばらくして、光の柱が内海に立ち上るという現象が起きたそうだ。まるで大切な何かが〈遺跡船〉に帰還したかのように……。

「……〈メルネス〉という言葉に聞き覚えはないか？」

ウィルは、ふいにそんなことを訊ねてきた。

かつて、この〈遺跡船〉は古代文明の王国が栄《さか》える地だった。

名を〈元創王国《げんそう》〉という。その〈元創王国〉を治めていたのがメルネスと呼ばれる地位の人物だったらしい。

『光の柱立ち上りしとき、メルネスは再び蘇《よみがえ》らん――』

〈元創王国〉の記録には、そんな言い伝えまでが残っている。

その伝説を実現するかのように現れた水の民の娘――ウィルはシャーリィこそ、そのメルネスの末裔ではないかとにらんだようなのだ。

「〈遺跡船〉が発見されたのは十五年前。あまりに多くの謎《なぞ》に包まれ、ほとんど何も解明《かいめい》されていないに等しい。どうして動いているのか、いつ止まるのか、そんなことさえわからないのだ。もし本当にメルネスの末裔が現れたら、学術面でもそれ以外でも、計《はか》り知《し》れない価値を持つと言っていい」

「………」

セネルは黙り続けた。

だが、反応をうかがうウィルの鋭《するど》い視線に、何かを見抜かれたらしい。

ウィル・レイナードは、博物学者《はくぶつがくしゃ》である。珍《めずら》しい魔物を見つけたり、地質の調査をすることが彼の本職である。〈遺跡船〉にくる前は、聖《せい》リシライア王国で家庭教師をしていた。そこで知り合ったのが、とある大富豪《だいふごう》の一人娘のアメリアだった。

アメリアという穏《おだ》やかで心の広いその娘は、研究内容について熱弁《ねっべん》を振るうウィルの話をいつも楽しそうに聞いてくれた。

普段から堅《かた》い口調で冗談のひとつも言えないウィルも、そのときの彼女の笑顔が好きだった。やがて二人は家庭教師と生徒という立場を越えて恋に落ちた。まったく性格が違う者同士なのに、不思議《ふしぎ》とお互いを認め合い、二人でいる時間を大切にしたいと思うようになっていた。

だが、アメリアは生まれつき体が弱く、家から外出したことはほとんどないという。アメリアにとって、家庭教師として通って来てくれるウィルと会うのは何よりの幸せになり、そして彼に手を引かれて、外の世界を見てみたいと願うようになった。

「先生、お願いがあります。私は残りの人生を先生と二人で過ごしたい……」

最初は迷ったウィルだったが、すでに彼もアメリアに対する愛情が大きくなりすぎていた。彼が決断するまでの時間はさほどかからなかった。

ウィルは彼女の願いを聞き入れ、半《なか》ば駆《か》け落《お》ち同然に〈遺跡船〉へと移り住んだ。最愛の妻となったアメリアの望むままに、船で旅をし、珍しい草花や動物を見て、二人で驚き合った。まさにウィルにとって一生忘れられぬ時間だっただろう。〈遺跡船〉で生活を始めてから、二人には子供もできた。ハリエットという女の子だった。

あたたかい家庭を手にできた——ウィルがそんな喜びにひたろうとしたのも束《つか》の間《ま》、大きな悲劇が彼を襲《おそ》う。〈遺跡船〉に移り住んだ二人の居場所《いばしょ》を聞きつけたアメリアの父親が、強引《ごういん》に彼女と娘を聖リシライア王国へと連れ戻してしまったのだ。

ウィルには『アメリアを誘拐《ゆうかい》した犯罪者』という、烙印《らくいん》だけが残された。そして悲劇はまだ続いた。母国に戻ったアメリアは、最愛のウィルと離れ離れになったまま、息を引き取ったのだ。死に目どころか、葬儀《そうぎ》にも参列《さんれつ》することを許されなかった。

ウィルは深く傷ついた。そして博物学者の仕事と並行して、灯台の街の治安維持《いじ》のような仕事にも手を出し始めた。自らを忙《いそが》しくさせることでしか立ち直る術《すべ》はなかった。

源聖レクサリア皇国から、〈遺跡船〉が悪事に利用されぬように、情報員としての任務を頼まれたのもこのころであった。そして、〈遺跡船〉の調査を進めるうちに目に止まったメルネスという〈元創王国〉時代の統治者の名。

まさか、その言い伝えの数々とぴたりと符合する少女、シャーリィと出会えるとは、思ってもみなかったウィルだったが、そのあと、ほとんどなりゆきのような形で彼らに力を貸すことになった。

行動を共にするようになり、ウィルは、そのシャーリィが兄と慕《した》うセネルという少年に対して、警戒《けいかい》した。シャーリィを奪《うば》われたことによって、彼が激昂しやすくなったからである。

その思いはウィルがアメリアを失ったときに、爆発させたかった感情と似ているのかもしれない。

アメリアが死んで、堪《た》えている自分にとっては、セネルのたまに見せる後先考えない行動は、心を惑《まど》わせる悩みの種でもあった。

3

星のまたたく下で、セネルは庵から少し離れた泉のほとりに歩みを進めていた。

庵の周りに立てられた見張りの灯《ひ》がほとんど届かず、辺《あた》りはかなりの闇《やみ》と化していた。

そこにきて、何をしたいというわけではない。本当はすぐにここを抜け出すつもりで、外に出てきたはずなのだが、庵から離れれば離れるほど足取りは重くなっていった。

ヴァーツラフに反撃《はんげき》すらできなかった自分が、シャーリィをたったひとりで救出できるのかという疑問が、行動をためらわせていた。

「俺《おれ》は、どうすればいいんだ……」

声に出してつぶやきそうになったときだった。後ろに人の気配《けはい》を感じた。ハッとして振り返ると、クロエがこちらに歩み寄ってくるところだった。

「何だ、クロエか……寝られないのか」

暗い中を近づいてくるクロエに、セネルが声をかける。

「クーリッジもか」

「まあな」

異性を姓《せい》で呼ぶ生真面目《きまじめ》なクロエに、セネルは、ちょっとだけ困った顔をした。

「クーリッジ、話……いいか？」

思いつめたようにクロエが言った。声に緊張《きんちょう》が伴《ともな》っていた。

「正直、レイナードに言われた言葉が……今もこたえてる……」

クロエの独白のような言葉を、セネルは黙って聞いていた。

「自分のことで頭がいっぱいで、大局に目を向ける余裕《よゆう》がなかった。視野の狭《せま》さが情けない……ガキと言われても仕方ない」

クロエも、セネルと気持ちは一緒だった。打ちのめされていた。泉のほうを眺めながら話した彼女の横顔は、庵の灯に照らされた薄暗い中で、ひどく沈んでいた。

「………」

セネルは、そんなクロエにかける言葉が見つからなかった。やがてクロエが、決意したように告白した。

「クーリッジ……本当言うと、私は騎士《きし》じゃないんだ」

「――？」

セネルは彼女の横顔を見たまま言葉を詰まらせる。どういう意味だかわからなかった。

クロエは続きを話した。

「ヴァレンス家は、確かに騎士の家系だが、私の家は取《と》り潰《つぶ》されてしまった――」

暗い過去を思い出したかのように、クロエの横顔が険《けわ》しくなる。

――クロエ・ヴァレンスもまた、悲劇を背負《せお》ったひとりだった。

今から五年前、聖ガドリア王国に名高い騎士の名門ヴァレンス家の当主たちを乗せた馬車が、何者かの襲撃《しゅうげき》を受けた。そのとき、クロエは十二歳だった。まだ騎士としての訓練《くんれん》を積んでおらず、大事に育てられた子女であった。

雨の降る夜、石橋の上に転覆《てんぷく》させられた馬車の中で、十二歳のクロエはただ震《ふる》えていた。剣を抜いて暴漢《ぼうかん》と闘った父が、殺される絶叫《ぜっきょう》を耳にし、そして馬車の中に乗り込んできた男に、母親が刺し殺されるところも目撃《もくげき》してしまった。男は覆面《ふくめん》をしており、腕に蛇《へび》の刺青《いれずみ》をしていた。やがてそいつは馬車に載《の》せてあった金品を奪い、そして、また雨の降りしきる闇の中に消えていった。

一夜にして当主を失ったヴァレンス家。一人娘であったクロエは、すぐに家督《かとく》を継《つ》ぐことになった。しかし、十二歳の少女に家督を継ぐことなど荷が重すぎた。

やがてヴァレンス家は取り潰しとなり、クロエは親戚《しんせき》の家に預《あず》けられることになった。しかし彼女はそれを拒《こば》んだ。亡き父の、昔の知人は誰ひとりとしてヴァレンス家の名前を守ろうとはしてくれなかった。その現実が、クロエの、騎士として身を立て、たったひとりでもヴァレンス家の名前を残そうとする決意に繋《つな》がった。

　クロエは長かった黒髪を切り、今まで手にしたこともなかった剣を腰に差した。そして旅に出る決意をする。両親の命を奪い、自分を地獄《じごく》に落とした、あの腕に蛇の刺青をした男を探して、仇を討つために――。

「私が〈遺跡船〉にやってきた本当の理由は、両親の仇を取るためだ。人を救うため、それが国のために繋がると、偉《えら》そうなことを言っていたが……本当は私も、私情ばかりに走る子供だったんだ」

　辛さをすべて吐き出すかのように、クロエは自《みず》らを批判した。

　隣《となり》で黙って聞いていたセネルは、たまらずに口を開いた。

「なぜ、俺にそんな話を……？」

　するとクロエは、そこで初めて顔を上げて、しっかりとセネルのことを見つめた。

「私だけがお前の事情を知っているのはフェアでない気がしてな」

「……………」

　セネルは口をつぐんだ。

　シャーリィが連れさられ、救出するために同行してきた旅で、クロエはセネルのいろんなことを知った。水の民であるシャーリィの素性《すじょう》を隠《かく》すため、妹だと言い張ってきたセネルだったが、それは旅の途中《とちゅう》で一度だけシャーリィを奪還《だっかん》することに成功したときにわかってしまっていた。髪がほの青く輝くところ、またその雰囲気《ふんいき》からして、陸の民とは少し異質《いしつ》だと気づいてしまっていた。そのことに勘《かん》づいてから、クロエは何も言わないように努めてきた。

だが、そのシャーリィが〈メルネス〉という存在であり、古代文明の兵器を甦らせる力を持っていると、ヴァーツラフやマウリッツから教えられた今、クロエは隠しておきたい部分を暴《あば》かれてしまったセネルの立場の辛さに同情を覚《おぼ》えていた。

だが、その同情はセネルを傷つけた。クロエの微笑《ほほえ》む視線を避《さ》けるかのように、踵《きびす》を返して、走り出そうとした。

「待て！　ひとりで行くつもりか――」

駆《か》け出《だ》そうとしたセネルの背に、クロエは強く言い放った。核心《かくしん》を突かれたセネルは勢《いきお》いを失ったかのように立ち止まった。

クロエは正直に言った。

「お前が示そうとしているのは、勇気じゃない。ただの無謀《むぼう》な振舞いにすぎぬ」

「黙れ」

セネルが、背中で答えた。

「がむしゃらに突っ込んだところで、ひとりで勝てるはずがないのに」

「黙れよ！」

セネルが振り返って叫んだ。

「シャーリィもステラも、ずっと苦しめられてるままだ！　放っておけば、命がないとさえ言われてるんだぞ？　そこまで聞かされて――ガキだと言われても、なんで見て見ぬ振りなんかできるんだ！」

「だけど、クーリッジとシャーリィは、本当の兄妹《きょうだい》じゃないんだろ。他人なんだろ？」

クロエは確認するように問いかけた。

セネルは唇《くちびる》を噛《か》みしめていた。やがて低く、力を込めて答えた。

「血のつながりなんて……なくったって、俺は……」

正直な気持ちを吐き出した。

その昔、シャーリィとステラに助けられたことがあるからとか、そんな建前《たてまえ》の理由ではなく、ごく素直《すなお》な気持ちとして思っていることを口にした。

それを聞いたクロエは、納得《なっとく》したように頷いた。

「お前の言うとおりだ」

「えっ？」

「だから力を貸し合おう」

クロエは、セネルに歩み寄った。今までケンカばかりしてきたけれど、初めてセネルと考えていることが一致した嬉《うれ》しさがあった。セネルの目の前まで歩むと、彼は驚いたような戸惑《とまど》った表情のままで棒立《ぼうだ》ちになっていた。

「苦しいのは、自分だけだなんて思うなよ」

クロエは真顔になって、セネルに告げる。

「祖国に対する忠誠《ちゅうせい》、仇に対する憎しみ、私だってはらわたが煮《に》え返りそうなんだ！座《ざ》して状況を見守ることなど、できるものか——」

「ク、クロエ……」

「だが、私たちのこの思いで、仲間を危険にさらすわけにはいかない。私が先走りそうになったら、殴《なぐ》ってでも止めてくれ、クーリッジ。その代わり、私はお前を止めよう」

熱いまなざしが、セネルの瞳に向けられている。

「そうだろう、クーリッジ？　お互いの事情を知った今、私たちはもっと協力し合えるはずだ——」

クロエの思いが、セネルの全身に熱く降《ふ》り注《そそ》ぐ。

「違《ちが》うのか？　これは、私の甘っちょろい幻想《げんそう》にすぎないのか？　クーリッジ！」

もはやクロエは、涙さえ浮かべそうになっていた。

そんな彼女に、セネルは片手を差し出した。クロエは意図《いと》がわからず、きょとんとした顔をする。セネルはそれを見て笑った。

「こういうのは、万国共通だって聞いたけどな？」

握手《あくしゅ》を求めたセネルの行動を理解して、クロエは満面に喜びを表した。

「クーリッジ……一足先に、私たちが同盟締結《ていけつ》だな？」

そう言って、クロエはセネルの手を握った。

二人の握手が交《か》わされたとき、

「ちょっと待てぇ〜〜〜っ！」

俺のほうから女の子の声が近づいてきた。二人が振り返ると、ノーマとモーゼスが、駆け寄ってくる。

「ワ、ワイらも交《ま》ぜろ！」

モーゼスは息をはずませ、怒《おこ》ったように言った。

「大人の事情だか政治的問題だか知らんが、カヤの外おん出されて、すます気はないわ」

と、熱血した。隣でノーマも息を切らせて頷いている。

そんな二人の様子を見て、

「何だ……結局みんな、考えることは同じだったわけか」

クロエは安心したかのように、笑みがこみ上げてきた。

つられてセネルも、ほっと息をついた。

「たぶん俺たちは、不器用《ぶきよう》で、バカで、どうしようもなくガキなんだろうな……」

「言われてるよ、モーすけ」

セネルのつぶやきに、ノーマが得意《とくい》のあだ名でモーゼスに言った。

「じゃから、ワイだけ違うわ！」

モーゼスがお約束のように叫ぶ。


モーゼス・シャンドルは、当初、シャーリィを誘拐した張本人だった。

獰猛《どうもう》な獣《けもの》ギートを連れた魔獣使いのモーゼスは、潮水を浴びて弱った身体《からだ》を泉で癒《いや》すシャーリィを、セネルとウィルが立ち話をしていた隙《すき》を狙《ねら》って連れ去ったのだ。

モーゼスは〈聖爪術《せいそうじゅつ》〉という伝説の力を求めていた。言い伝えにあるメルネスに頼めば、何とかなるかもしれないと考えてシャーリィをさらったのだ。

しかしその後、シャーリィを追ってきたヴァーツラフ軍にアジトを襲われ、自分の部下が次々に殺されるのを見て、モーゼスは憤怒《ふんぬ》する。

結局、シャーリィはヴァーツラフ軍の手に落ち、一方のモーゼスは、仲間を殺された仇を取るため、ヴァーツラフ軍を追うことになる。

モーゼスの友情にかける思いは強い。

彼が連れているグランドガルフという魔獣、ギートとの絆《きずな》もそうだ。

十歳の頃、村の近くでまだ子供のギートと出会った。それは獰猛な魔獣ガルフの種族の中でも、村ひとつを滅ぼすほどの力を持った最強のグランドガルフだった。

モーゼスはあるとき、その子供のギートがエッグベアの群れに囲まれて、絶体絶命《ぜったいぜつめい》のピンチに陥《おちい》っているところに遭遇《そうぐう》した。モーゼスは、たったひとりでエッグベアの群れに立ち向かい、左目を失いながらも、ギートを助けた。モーゼスのこの命がけの勇気は、グランドガルフの子供に種族本来が持つ強い警戒心《けいかいしん》を解《と》くほどの影響《えいきょう》を与えた。モーゼスとギートの間には仲間としての絆が生まれた。

しかし強すぎるグランドガルフは、成長したときが恐ろしい。本能に逆らえなくなって、狂暴化《きょうぼうか》すると言い伝えられてきた。

やがて村を滅《ほろ》ぼす危険な存在になりかねない。

ギートを村に招くことは許されなかった。

野に放つか、それともモーゼスが村を出ていくか。

その選択をモーゼスは、父親や村人たちから迫られたのだ。

だが躊躇《ちゅうちょ》なく彼は、後者を選んだ。

数人の子分を従え村をあとにし、ギートと共に〈遺跡船〉へと移り住んだ。あてなどはない、仕事もない。ただギートや子分たちといった彼の大切な家族たちを守るための選択であった。

そのために、ヴァーツラフ軍のあとを追っていた過程で、セネルたちと再会したときも、シャーリィが彼の妹だと知った瞬間、詫《わ》びる気持ちがこみ上げてきた。自分の目的である〈聖爪術〉を手に入れることよりも、先にセネルたちに協力しようと、気持ちが傾《かたむ》いていったのだった。


「——子分どもの仇も討つし、お前らにも手を貸しちゃる！　仲間じゃからな！」

星のまたたく下で、モーゼスは熱く語った。

庵の前で輪となって聞いていたセネルたちもまた、口には出さないが、既《すで》に山賊の長であるモーゼスのことを仲間だと認識していた。

セネルはくすぐったいようなあたたかい感覚を持ち始めていた。

「でもさ――」

みんなの輪の中で、照れくさい気持ちになりながらも言った。

「これが俺たちだもんな？」

その瞬間、今まで肩に載せていた重いものが取れたような気がした。周りのクロエ、モーゼスの二人も頷き合っている。

すると、

「息、合ってんじゃん！　ぜんぜん自分勝手じゃないじゃん！」

ノーマが自分たちを肯定《こうてい》するように明るく言った。

黄色いトレジャーハンタースーツに身を包み、栗色の短い髪をした、活発そのものといった彼女も、この〈遺跡船〉でセネルたちの仲間になったひとりだった。

最後にノーマは、自分のことを語りだした。

ノーマ・ビアッティの両親は、ケンカばかりしていた。

貧しくもなく、裕福《ゆうふく》でもない普通の生活だったが、ノーマはケンカばかりくり返す両親に嫌気《いやけ》がさし、十二歳のときに家出をした。

それから約一年後、世界を放浪《ほうろう》しているときに彼女がのちに「ししょ〜」と呼ぶスヴェンに出会った。スヴェンは古代遺跡の研究で名高いザマラン教授に師事《しじ》していたこともあるトレジャーハンターで、古刻語《ここくご》の解析《かいせき》技術に関しても世界的に有名な学者だった。

ただスヴェンは誇大妄想家《こだいもうそうか》のところがあり、ほかの学者連中からは馬鹿《ばか》にされていた。だが、ノーマは目を輝かせながら楽しそうに夢を語るスヴェンの姿を見て、数年ぶりに心から笑った。またスヴェンもノーマに爪術《そうじゅつ》の才能を見いだし、聖コルネア王国が世界に誇《ほこ》る上級学校へ推薦《すいせん》した。

歴史や政治、経済、工学などといった幅広い学科がある超有名校であり、様々な国から優《すぐ》れた少年少女が集まっていた。ノーマはそこで爪術と古刻語を学んだ。推薦してくれたスヴェンの期待《きたい》に応《こた》えるためにも、彼女は真面目に勉学に励《はげ》んだ。

そんな彼女に、スヴェンはたびたび繰《く》り返《かえ》し熱弁していた。

「どんな願いも叶《かな》えてくれる、エバーライトという奇跡《きせき》の秘宝《ひほう》がある！」

スヴェンは、そのエバーライトの発見に生涯《しょうがい》をかけていた。

〈元創王国〉時代の宝として名前だけが古い記録に残るエバーライト。何年も遺跡を研究してきたザマラン教授でさえも、その存在を否定した幻《まぼろし》の財宝である。周りの学者たちに馬鹿にされながらも、スヴェンは単身で〈遺跡船〉に乗り込み、そして消息《しょうそく》を絶《た》った。

恩人である師匠《ししょう》が死んだなんて信じたくない——。スヴェンが行方不明《ゆくえふめい》になったという報《しら》せを耳にしたノーマはそう思いながらも、だんだん不安になり、とうとう学校を飛び出した。

家出少女だった彼女にとって、スヴェンは新しい家族のようなものである。彼が追い求めていたエバーライトを唯一《ゆいいつ》の手がかりとして、ノーマはスヴェンを探す決意をしたのだ。

〈遺跡船〉にやってきて、師匠を探しながらエバーライトの捜索《そうさく》も同時進行させるという日々。トレジャーハンターとしては、素質《そしつ》も経験も乏《とぼ》しかったノーマだけに、〈遺跡船〉での活動は難航《なんこう》を極《きわ》めた。何をやっても、どこに行っても失敗続き。

挫《くじ》けそうになっていたときに出会ったのが、セネルたちだった。一時的に救出に成功したシャーリィの胸に光るブローチの宝石を見て、それこそがエバーライトではないかとにらんだ彼女は、そのシャーリィがまたヴァーツラフ軍に奪われたあとも、セネルたちに同行して協力を惜《お》しまずにやってきた。

シャーリィを無事に助けだせたら、彼女の持つブローチを代わりに頂くという約束をして――だけど、それがここにきて自分の目的が曖昧《あいまい》になってきた。

困っていたときに助けてくれたセネルたち。気づいてみれば、彼らはノーマがスヴェンの次に手に入れた「家族」のような存在となっていた。彼らの力になりたい。今は純粋にそう思う。

「――だからさ、あたしも力を貸すよ！　仲間はずれはなしだからね！」

ノーマは自分のことをみんなに語ったあと、お願いするように言った。

これで、みんな公平になった。

誰もが相手の事情を知っている。

妹のように可愛《かわい》がってきたシャーリィを助けたいセネル。

両親を殺され、自らの運命をねじ曲げられたうらみを晴らそうとするクロエ。

信頼しあっていた子分たちの仇を討ちたいモーゼス。

行方不明の師匠を探し求めるノーマ。

四人は、おのおのの目的は微妙《びみょう》に違えど、その心はひとつになっていた。

「同盟というより、これは連合だな」

星のまたたく夜空の下で、クロエが笑った。

「ガキはガキなりに、やれることをやってやるまでだな」

セネルが、見張りの灯りに照らされた俺を見上げて言った。

「オウ、そうじゃ！　やったろうやないか！」

モーゼスも吠《ほ》えるように続く。

そして最後にノーマが言った。

「みんなで力を貸し合えば、大丈夫だよ！」

その大きな声が、俺の夜空に響き渡った。

4

「俺たちを、同盟軍に加えてくれ――」

翌朝セネルたちは、俺の作戦会議室に集まったマウリッツとウィルたちに直訴《じきそ》した。

テーブルを囲み、これからのことを相談し合おうとしていた彼らは、四人そろって頼みにきたセネルたちの真剣な様子に、神妙《しんみょう》な表情となった。

「私たちはレイナードの指示に従う。絶対、暴走はしない」

誓《ちか》いを立てるように、クロエが言った。

「荷物運びじゃろが、最前線突入じゃろが、何でもやっちゃる」

贅沢《ぜいたく》は言わないとモーゼスも続く。

「お願いいたしまする」

あっけらかんとした口調《くちょう》で手を挙《あ》げてノーマもお願いする。まるで学校で授業を受けているような軽いノリに見える。おそらく彼女の染みついた癖《くせ》なのだろうが、ウィルはぴくりとも笑顔を見せなかった。

四人揃《そろ》って何を言いにきたのかと思えば、昨日とまるで同じことを頼みに来ている。何度頼みに来ても同じだ——と、ウィルが言いかけたときだった。

「一晩、皆で話し合って決めた。誰かが暴走したら、必ず止める」

セネルが、ウィルをしっかり見つめて言った。そして彼はマウリッツたちもいる前でウィルに対して、深く頭を下げた。

「頼む——」

頭をさげたセネルの行動に、一番驚いたのはクロエやモーゼス、ノーマたちのほうだった。今まで人を避けるような態度ばかり示してきたセネルが、初めて人に何かを頼み、そして、頭を深々と下げたのだ。

「自分がやりたいこと、自分がなすべきこと、そのけじめはつけてみせる——だから、お願いだ」

クロエも頭を下げた。続いて、モーゼスとノーマも頭を下げる。とうとう四人とも頭を下げる格好《かっこう》になってしまった。

ウィルはそれを見て、たまらず言った。

「やれやれ……同盟が成立したわけでもないのに、気の早い連中だ。お前たち、本当に言うだけのことができるのか？」

確認するようなまなざしだった。

「それじゃあ——？」

ノーマが顔を上げるなり、期待のまなざしで拍手しかけた。ウィルはそれを遮《さえぎ》るように言った。

「——できるんだろうな？」

念を押されたとたん、

「ああ、任せてくれ！」「大丈夫だとも！」「ほ〜い！」「ウヒョオオオ！　ええんじゃな？」

と、セネルたちは声を揃えて返事した。

「ぬあ〜〜〜っ！　お前たち！　一度に喋《しゃべ》ったらよく聞き取れんではないかっ！」

と、ウィルが——やっぱりみんなガキだなと思いかけたときだった。

ひとりの水の民が、作戦室に駆け込んできた。

「た、大変です、長《おさ》！　ワルターたちが！」

「どうしたんだオスカー、ワルターがどうかしたのか？」

駆け込んできたオスカーという青年に訊ねながら、マウリッツは席を立った。

「……？」

ウィルも気になって席を立ち、作戦室を出ていくマウリッツのあとを追った。

セネルたちは一瞬呆然《ぼうぜん》としたが、やがて自分たちもウィルのあとを追うことにした。

庵の外に出てみると、何人かの人垣があった。その輪の中心で腰を下ろし、部下を介《かい》抱《ほう》しているワルターの姿があった。

セネルたちがウィルのあとに追いつくと、先に駆けつけたマウリッツが、ワルターに訊ねているところだった。

「何があったのだ？」

「例の場所に巣食《すく》っていた魔物に、やられました」

ワルターのそばに立っていた部下が、慌ててマウリッツに答える。マウリッツは仲間が倒れている顔を覗《のぞ》き込《こ》んだあと、落胆《らくたん》の息をついた。

「なんと……〈ささやきの水晶〉の入手に失敗したか。これは予定が狂ったな」

「大事なものだったのか？」

ウィルは心配そうに訊ねた。言いづらそうにマウリッツは、口を開いた。

「我々の勝利の鍵《かぎ》を握っていると言っても、過言ではない」

「勝利の鍵を？」

思いがけないマウリッツの返事に、ウィルは眉間《みけん》を寄せた。それっきり、マウリッツは何も言わなくなった。倒れた水の民の同胞《どうほう》を抱《かか》えているワルターの姿を見つめて、考え込むような表情になった。

おそらくほかに打つ手を考えているのだろう。だがすぐに対応策が出てこないところをみると、あてにできるほかの策がないようにも見えた。

「は～い、はいはい！」

いきなりノーマが、学校の先生に提案《ていあん》するように手を挙げた。俺の表の緊迫した空気には不釣《ふつ》り合《あ》いなその能天気《のうてんき》な声に、一同は何気なくノーマに注目した。

「だったらあたしらが、その何とかの水晶、取ってきま～す！」

明るく元気に宣言《せんげん》した。セネルたちをはじめ、誰もが無言だった。しばらくしてやっと口を開いたのはマウリッツだった。

「……諸君らが？」

「だから取ってきたら、同盟軍に加えてください！」

ノーマは、交換《こうかん》条件としてつけ加えた。彼女なりにチャンスだと思ったのだ。

感情にとらわれず任務を達成してみせれば、評価も変わる。実力さえ認めさせてしまえば、こっちのもの。

そう言わんばかりにノーマは、セネルたちのほうを見た。だが、セネルたちはきょとんとしたままだ。彼ら一同がやる気になる前に、ウィルは横槍《よこやり》を入れようとして、

「ノーマ、それとこれとは――」

と言いかけたとたん、マウリッツがノーマに答えた。

「いや、そうしてもらえると助かる」

「えっ？」

ウィルがマウリッツを見る。

「本当は我々が何とかすべきなのだが、今は動ける者の数が不足しているのだ」

「き～まりっ！」

手早くノーマは話をまとめてしまった。ウィルは出鼻《でばな》をくじかれたように唖然《あぜん》とした。

肝心《かんじん》のマウリッツが彼らに依頼してしまっては、さすがに止めづらくなる。

「いいのか？」

と、マウリッツに異《い》を唱《とな》えるつもりで言ったが、水の民の指導者は「構わない」と、頷き返した。

「それじゃみんな、さっそく出発よ！」

その様子にノーマは即行号令をかける。だが、セネルたちはいまだにきょとんとしていた。

「どこへ？」

クロエが訊ねる。

「どこへ？」

当のノーマも、マウリッツに訊ねる。

「シャボン娘、あわてすぎじゃ」

モーゼスはツッコミを入れた。

まさにそそっかしいノーマの様子に、マウリッツは緊張から解かれたように苦笑した。

「……〈ささやきの水晶〉があるのは、〈元創王国〉時代の墳墓《ふんぼ》だ。元々は離島《りとう》だったが、今は陸続きとなっている。ここからだと11時の方向だ」

「11時の方向、元々離島、ふんふん。え～と、その辺には確か……」

マウリッツからの説明を復唱《ふくしょう》しながらノーマの表情が、みるみる青ざめる。

「げ」

「どうした？」

セネルが聞いた。

「そそ、それってまさか、『人食い遺跡』のことじゃ……？」

「人食い遺跡？」

クロエが、眉間を寄せる。

「あそこだけは絶対ヤバイって、トレジャーハンターの間じゃ、有名なの！」

ノーマは慌てて、提案を撤回《てっかい》しようとした。

「今更後に引けるか。なあ、みんな！」

セネルは、後ろ二人に振り返った。

「ああ！」

「ほうじゃの！」

クロエとモーゼスが頷き返す。

「行くぞ」

セネルは先頭を切って歩きだした。輪の中央で仲間を介抱しているワルターには視線も向けず、通り過ぎた。そのあとをクロエに腕を引っ張られたノーマが、駄々《だだ》っ子《こ》のように叫ぶ。

「勘弁《かんべん》してえ〜っ！　あの『人食い遺跡』だけはあ〰〰〰っ！」

「…………」

セネルたちを見送ったウィルは、複雑な表情をしていた。

結局、成《な》り行《ゆ》きで彼らにチャンスを与えてしまった。言葉のうえではどうとでも言えるから、実際に行動で示してみせよう。セネルたちのそんな決意が見て取れた。

そうなれば、見届けるのは自分の義務だろう。いや、彼らだけでは心配だ。ウィルの中に疼《うず》くものがあった。自分だって彼らと同じ覚悟《かくご》をもっている。

状況は違えども、セネルたちも今、自分たちみんなの気持ちをひとつにして、目標に向かっている。それはアメリアを連れて、駆け落ち同然で出発したときの自分と思いは似ている。

たとえ困難《こんなん》であろうとも、その道を進む彼らの今の姿は、忘れかけていた自分の昔の姿ではないのか――そう思った瞬間、ウィルは駆けだしていた。庵から続く坂を降りて、結界《けっかい》の外へ出ようとするセネルたちを追っていた。

「待たんか、お前たち！」

近づくと、彼らが驚いた顔で振り返った。

「オレも一緒に行く」

ウィルは、セネルたちに駆け寄って自分の思いを告げた。

「……いいのか？」

セネルが目を見開いている。

「お前たちを野放しにするのは、気が気でないからな」

ウィルは呆《あき》れたように言った。クロエは喜んで歓迎《かんげい》した。

「それは助かる！　やはりレイナードがいてくれると、心強い」

「まったく、お前たちは――」

また、呆れたようにウィルはつぶやいた。しかしそのつぶやきには、少しだけ嬉しさも滲《にじ》みだしていた――。

TALES OF LEGENDIA

第三章
セネルとクロエ

1

水の民の長《おさ》マウリッツが「艦橋《かんきょう》」と呼んだそこは、古代遺跡《いせき》とは思えないほどの高度な技術を結集《けっしゅう》して形作られていた。

広いフロアには大きな窓が並び、雄大な外の景色を映している。ヴァーツラフ将軍は〈遺跡船〉を動かす司令塔《しれいとう》の最上階に陣取り、見晴らしのいい海原を眺《なが》めながら愉快《ゆかい》な気分でいた。

今日のこの日を敵国撃滅《げきめつ》の記念日にしようと考えていた。そんな独裁者《どくさいしゃ》の許《もと》に囚《とら》われの身のシャーリィが連れられてくる。

彼女は震《ふる》えていた。そしてフロアに入るなり、あっと息を呑《の》んだ。人がひとり立って入れるほどの大きさの装置が、二つ並んでいる。その装置のひとつには、すでに姉のステラが入っていた。姉は依然《いぜん》として眠りに落ちたままで、半透明《はんとうめい》に輝く結界《けっかい》に覆《おお》われていた。

次は、私があの隣《となり》に入れられる――シャーリィはそのことを悟《さと》った。

わかってはいたが、あの〈滄我砲《そうがほう》〉とやらの封印《ふういん》を解《と》いただけでは、まだ終わっていない。どこまでもこの身は利用されるのだ。

シャーリィは、人としての意識が麻痺《まひ》していくのを感じていた。捕《と》らわれてからというもの、きれいと感じるものを久しく見ていない、心が穏《おだ》やかになるようなそんな気持ちにひたれる時間もない。楽しいことを話せる相手もいない。

兄はこの男に傷つけられていた姿を最後に消息《しょうそく》が知れず、姉は意識を奪《うば》われたまま、眠り続けている。ただ必要なときに呼び出され、そして力を使えと命令される。人形のような扱いを受ける毎日だった。

「どうしたメルネスの娘よ。いつもの元気がないじゃないか？」

踵《きびす》を返して寄ってきたヴァーツラフが言った。

シャーリィには、もう叫んだり、泣いたりする気力も残されていなかった。

「……今度は、何を……するんですか……」

うつむいて、か細い声で訊《き》いた。

「〈滄我砲〉の発射だ」

「……えっ？」

シャーリィは、ぼんやりと顔を上げた。

するとヴァーツラフが不敵な笑みを輝かせる。

「お前はこれから〈遺跡船〉を操《あやつ》って進路を変え、とある国をめざすのだ。そこで〈滄我砲〉を、その国に向けて放つ！」

「国に向けて……〈滄我砲〉を……放つ」

「そうだ。我《わ》がクルザンドに敵対したのだ。ひとり残らず殺さねばならん」

「……そ、それって……それって……」

シャーリィの声が震える。

――私が、多くの人を殺すの？

自《みずか》らの力がもたらす未来が、ひとつの幻《まぼろし》のようにシャーリィの脳裏《のうり》に浮かんでくる。

火で街は焼かれ、たくさんの人が道端《みちばた》に苦しみながら倒れていく、地獄《じごく》のような光景だった。

「あ、ああっ……」

シャーリィは、いっそ発狂してしまえばいいと思った。こんな光景が現実になれば、正気ではいられない……。

「連れていけ。すぐ装置に接続しろ！」

ヴァーツラフは、シャーリィの背後に控《ひか》える部下たちに命じた。

兵士たちに背中を押され、シャーリィはよろけた。

「……い、嫌だ……嫌だ……」

初めてそこで、シャーリィに恐怖の感情が甦《よみがえ》った。だがどんなに拒《こば》んでも許してもらえるはずはなかった。

「嫌なら、お前の姉ひとりが力を消耗《しょうもう》して死ぬだけだ」

「そ、そんな……」

「フハハハ！　姉を死なせたくなかったら、お前が姉の分まで頑張《がんば》るのだ！」

ヴァーツラフが笑いながら見送る。

シャーリィは、姉のステラがすでに閉じ込められた結界の前まで引っ張られた。

「さあ、この中に入るんだ！」

「いやです……たくさんの人を……」

枯《か》れるような声で、背後の兵士に拒否《きょひ》した。

しかし、逃げ出せるはずもない。

結界を自動的に造りだせる大きな装置の前で、シャーリィは絶望《ぜつぼう》に震えた。

水の民を幸せに導《みちび》くはずだったメルネスの力は、今や多くの陸の民を抹殺《まっさつ》するために使われようとしていた。

2

「こんにちは、皆さん」

透《す》き通《とお》るような白い肌をした少年が、セネルたちに挨拶《あいさつ》した。

そこは、水の民の庵《いおり》に続く坂道の途中《とちゅう》であった。黒髪《くろかみ》を頭の上で結《ゆ》って垂《た》らし、背が低く、たっぷりとした作りの衣《ころも》をまとった少年が立っていた。

「——ジェイ！」

立ち止まったクロエが驚《おどろ》く。

水の民の長マウリッツの依頼を受けたセネルたちは、『人食い遺跡』に潜《もぐ》り、数多《あまた》の魔物を倒して〈ささやきの水晶〉を入手することに成功した。途中、ひとりの女性を救出して、マウリッツたちの待つ庵へ戻ってきたところだった。

まさかここで出会うとは思っていなかった彼らは、ジェイのその姿を見て、足を止めると同時に、顔を引きつらせた。

「どうしたんですか、クロエさん。そんなに驚いて」

うすく微笑《ほほえ》み、ジェイは平然と訊《たず》ねる。

ジェイは情報屋だった。

〈遺跡船〉で知らないことはないと言われる腕ききの情報屋として、彼は名が通っていた。

彼とのやりとりは基本的に手紙を介《かい》して行われるため、姿を見た者はいないという。そんな彼がセネルたちの前にだけは、姿を現し、しかも間違《まちが》った情報まで与えたりしてきた。シャーリィを取り戻すべく『雪花《せっか》の遺跡』に忍び込もうとした際、ジェイは故意《こい》に情報を偽《いつわ》り、セネルたちを堂々巡《どうどうめぐ》りさせたのだ。

「ジェイ……！　あの『雪花の遺跡』の件、よくもやってくれたな！」

クロエはとうとう我慢《がまん》できずにジェイの元に駆《か》け寄《よ》って、恨《うら》みがましく睨《にら》みつけた。

「何のことです？」

「とぼけるな！　隠し扉の情報を教えず、私たちに危険な手段をとらせたことだ！」

クロエが怒鳴《どな》ると、ジェイは合点《がてん》がいったように頷《うなず》いた。

「さすがはクロエさん、勇敢《ゆうかん》でしたよね。ご自身の弱点も顧《かえり》みず果敢《かかん》に水の中への冒険《ぼうけん》に挑《いど》まれたんですから」

「ちょっと待て。私の弱点って」

「クロエさんがカナ……」

「わあああ！」

クロエは皆に聞こえないよう、大きな声でごまかそうとした。

「カナ？」

ノーマが首を傾《かし》げる。

「クーリッジ……！　お前、誰にも言わないって……！」

「俺《おれ》じゃない！　断じて違う！」

クロエに迫《せま》られて、セネルは慌《あわ》てて弁解した。彼女がカナヅチだと知っているのは、セネルだけ。旅の途中で偶然《ぐうぜん》に知ってしまった程度のことだけど、いつしか二人の秘密にまでなってしまっていた。ゆえにクロエが苦手《にがて》な水の中を進む冒険では、セネルまでハラハラさせられていたのだ。

「ぼくが独自に突き止めたんですよ」

睨まれているセネルに助け船を出したのは、ジェイだった。

「何せ、情報屋ですからね」

「そんなことって……なんで、そこまで……」

クロエは信じられないという顔をしてジェイを見つめる。

「皆さんとは生きてきた次元《じげん》が違うんですよ——次元が」

そうつぶやいたジェイの表情は、どことなく寂《さび》しげだった。

――情報屋としてのジェイの技術は幼いころより培《つちか》われた。

捨て子だった彼は、ソロンという暗殺者に拾《ひろ》われ、育てられた。そして暗殺技術のすべてを叩《たた》き込《こ》まれ、幼くして裏の仕事を引き受けるまでになった。

しかし、ジェイが八歳のときに事件が起きる。

育ての親のソロンが〈遺跡船〉へ侵攻《しんこう》するという任務を失敗させ、そのせいで〈遺跡船〉に置き去りにされてしまったのだ。

二度も捨てられてしまった……。

そんな傷心《しょうしん》のジェイを救ったのは、〈遺跡船〉で暮らすラッコに似た亜人種《あじんしゅ》のモフモフ族だった。愛嬌《あいきょう》のある性格をしたモフモフ族は、心身ともに傷ついたジェイを看病《かんびょう》し、励《はげ》ましてくれた。

体の癒《い》えたジェイは恩返しのため、彼らの村で生活を始めた。自分の暗殺技術でモフモフ族を守っていくことが、自分のできる精一杯《せいいっぱい》の恩返しだと考えたからだ。

過去に裏切《うらぎ》られた経験から、ジェイは、他人に対して警戒心《けいかいしん》が強く、情報屋の仕事でも直接会おうとはしなかった。

「そんなジェイが、どうして最近になって頻繁《ひんぱん》に姿を見せるようになった？」

ウィルが怪訝《けげん》そうに訊ねた。

「困るなあ。それだけ事態《じたい》が深刻《しんこく》になってきているということですよ——皆さんはこの危機《きき》を実感されていないんですか？」

あきれた口調《くちょう》でジェイに問い返された。彼はその理由のひとつをあきらかにした。

「ほら、現に風が強くなった——」

「えっ？」

ふいに言ったジェイの言葉に、セネルたちは周《まわ》りを見渡した。結界の中に入ったため、音が遮断《しゃだん》されて気がつかなかったが、結界の外の森の樹が嵐のように強い風に揺《ゆ》られている。

「こ、これは……」

セネルが目を丸くさせる。ウィルにクロエ、モーゼスにノーマも言葉なく、結界の外で音もなく揺れる木の葉の群れを眺めた。

「この島が、すごい速さで動いているってことかしら……」

セネルたちのそばに付《つ》き添《そ》うように立っていた女性が、のんびりとした口調で言った。

「島が、動いている？」

セネルが振り返って、その女性に訊ねた。大人びた色気を漂《ただよ》わせる彼女は、微笑んで、頷いた。

水色の髪にヴェールをつけ、ぴったりと肌にフィットした、露出度《ろしゅつど》の高い新緑のブリオーをまとっている。顔だちは、まるでどこかの国のお姫様のように美しく、すらりとした長身、そして均整《きんせい》のとれたスタイルをしていた。

その女性――グリューネは、セネルたちが『人食い遺跡』の奥で眠っていたところを発見して救出した。

だが彼女は記憶喪失《きおくそうしつ》なのか、自分の名前以外を覚えていない。『人食い遺跡』の一番奥で、なぜ寝ていたのかとウィルが質問しても、

「うららかな陽気《ようき》に誘《さそ》われて、ついうとうとと……」

などと、的《まと》を射《い》ない返事ばかりする。

「こがあな魔物だらけの場所で、よう平気な顔して寝てられたのぉ？」

モーゼスが訊ねても、

「皆さん、とても親切で……」

などと呑気《のんき》に、お友だち扱いにして答えてしまう。

「あからさまに怪《あや》しすぎて、問いただす気力も失せそうだ」

クロエに至っては、頭を抱えそうになっていた。

「グー姉さんはどうすんの？」

ノーマは、早くもあだ名をグリューネにつけてしまっていた。

「もちろん、一緒《いっしょ》に行くわよぉ。ピクニックは大勢《おおぜい》のほうが、楽しいものねぇ～」

あくまでもグリューネはマイペースで、しかもセネルたち以上に、緊迫感《きんぱくかん》がなかった。

謎《なぞ》だらけの女性だったのだ。

「連れて行くことに不安がないでもないが、かと言って、置き去りにもできん。みんな、了承《りょうしょう》してくれ」

というウィルの言葉で、『人食い遺跡』の奥から発見した〈元創《げんそう》王国〉時代の空飛ぶ人形型の兵士と共に連れてきた。

セネルたちが探し求めた〈ささやきの水晶〉とは、実はその人形兵士の制御《せいぎょ》装置だったのだ。『人食い遺跡』の奥で水晶を手にしたセネルのあとを、カカシのような姿をした人形は空中を移動しながら追ってきたのだった。

というわけで、予定外の随行《ずいこう》となったグリューネは、結界の外で揺れ動く森の流れを眺めながら、のんびりと言った。

「この島の形をしたお船さん……南東に向かっているようね？」

グリューネのそのつぶやきだけは、的を射ていた。

3

「ヴァーツラフが目指《めざ》しているのは、間違いなく、聖《せい》ガドリア王国でしょう」

作戦会議室で、ジェイが言った。

水の民の庵の中は、物々しい空気に包まれていた。作戦会議室には大勢の人が集まり、いよいよ戦争が近づく気配《けはい》が感じられる。

ジェイは到着後すぐさま作戦参謀《さんぼう》の任に着いた。ウィルの所属《しょぞく》する源聖《げんせい》レクサリア皇《こう》国《こく》から頼まれたのだ。今まで人前に出なかった彼をそうさせるほどに、状況は緊迫していた。

そして、作戦会議に入ってまずジェイが口にしたのが、ヴァーツラフ軍の目的地だった。

「クーの祖国に向かって……」

席に着いたノーマがつぶやく。クーとは、もちろんクロエのことである。

クロエの故郷、聖ガドリア王国は——ヴァーツラフの母国、クルザンド王統国《おうとうこく》と交戦中で、戦闘状態《せんとうじょうたい》にあった。

「今の航行速度《こうこう》を維持《いじ》した場合、〈遺跡船〉がガドリアの沿岸部《えんがんぶ》に到達《とうたつ》するまで、あまり時間がありません。〈滄我砲〉の射程距離《しゃていきょり》を考えたら、制約《せいやく》はさらに厳《きび》しくなるでしょう」

すでに調べ尽くした情報を元にして、ジェイは壇上《だんじょう》から一同に状況を報告していった。

そんな中で、

「……クーのこと、心配？」

いきなりノーマが、こっそりセネルに耳打ちしてきた。

「別に、そんなんじゃ……」

深刻《しんこく》そうな顔をしていたせいだろうか。

確かにクロエの祖国が襲撃《しゅうげき》を受けるのは、たとえ話だけでも聞いているのは辛《つら》い。もしものことがあれば、彼女はどれだけ悲しむだろうか。

セネルがちらりと視線を向けると、席に着いたクロエはさっきまでとは別人のように真剣《しんけん》な顔で、ジェイの話に聞き入っていた。

あとで、なんて言葉をかけてやろう——。

セネルがそんなことを考えていると、またノーマが耳打ちしてきた。

「セネセネにしかできないことも、あるはずだよ」

「俺《おれ》に……？」

意外そうな顔で、ノーマを見つめ返す。

情勢が大きくなりすぎて、人ひとりの問題ではなくなった今、個人の思いを優先させるのは難しい。そんなことがわかった上で、自分は彼女に何をしてあげられるのだろうか。セネルは作戦会議中でありながら、ふと考えに落ちた。


作戦会議は夜遅くまで続いた。水の民と陸の民が手を組む。お互いがどのように協力し合うか。会議はしばしば探り合いの様相《ようそう》を呈《てい》し、遅々として進まなかった。間に立って、話を進めていったのは、作戦参謀となった十六歳の少年情報屋のジェイだった。

彼は、情報屋という職業柄《がら》、水の民の本来の性格、能力などについてすぐさま把握し、ヴァーツラフの居城《きょじょう》となる艦橋をどのように攻めるか、ひとつひとつ説明して、了解《りょうかい》を得ながら、水の民と陸の民を納得《なっとく》させていった。幸《さいわ》いにして、源聖レクサリア皇国の代表窓口はウィルになっていたため、大した揉《も》め事《ごと》も起こらず、作戦スケジュールの確認に入ると、話し合いは順調に進みだした。

セネルは、憶《おぼ》えきれない量の確認事項に疲れ果て、会議が終わると、いつもの地下の仮眠室へ足を運んだ。仲間たちも同じなのか、皆、すぐに横になった。

クロエがセネルの枕もとに歩み寄ってきたのは、それからしばらくしてのことだった。

「クーリッジ……クーリッジ……」

小さい声で、肩をゆさぶられた。セネルが目を醒《さ》ますと、クロエはあらたまった口調になった。

「クーリッジ、疲れているところ申し訳ない……実は、どうしても二人で、話がしたい。泉のほとりまで来てくれないか？」

思い詰めたような表情でクロエはそれだけを言って、先に仮眠室をあとにした。

セネルは彼女が重大決意でもしたのかと思い、すぐにあとを追うことにした。周《まわ》りのベッドを見渡すと、ウィルも、モーゼスも、ノーマも、ぐっすりと眠ったままだった。

セネルは彼らを起こさないよう、そっと仮眠室を出た。

庵の外に出て、見張りの灯《ひ》を頼りに泉のほとりへ来てみると、そこにクロエが待っていた。

「どうしたんだ、クロエ？」

歩みながらセネルは声をかけた。

夜の帳《とばり》が降りた泉のほとりで二人っきりになった。クロエは少し視線をそらし、すぐには口を開かなかった。どことなくためらっている様子だ。セネルは待つことにした。

　やがて独白のようにクロエは切り出した。

「私たちは独立部隊として、このたびの参加が認められた。そのことは嬉《うれ》しい。だけど、私はまだ自分の力に今ひとつ、自信が持てない……だから、クーリッジに鍛《きた》えてもらいたい」

「俺に？」

「そうだ。私の事情を知るお前なら、この身を預《あず》けられる」

「わかった……いいけど、本当にやるのか？」

「もちろんだ」

　クロエは力強く答えた。

「水の中で――」

「えっ？」

　想像していたことと違い、セネルは驚いた。なんと彼女は、カナヅチを克服《こくふく》したいと言いだしたのだ。

「本当にいいんだな？　水の中に入っても」

「も、もちろんだ」

セネルに水の中と言われて、少し顔がこわばったが、クロエは、何とか自分を保《たも》とうとした。

「服を着たままで？」

「いいんだ、この火照《ほて》った体を冷ますには、ちょうどいいくらいだ」

そう言ったあとに、クロエは顔を真っ赤にさせた。セネルの前で服を脱《ぬ》ぐなど、考えてもいなかったからだ。それに気づいたセネルも、ばつが悪そうに頭をかく。

「いや、別に、その……そういうつもりじゃ」

「わかってる」

クロエが顔を上げて、きっぱりと言った。

「すべては自分のためだ。さあ、頼む」

それから二人は、泉に向かった。ザブザブと音を立てて進んでいく。途中までセネルと同じ歩調で進んでいたクロエだったが、やはり怖くなったのか、急に立ち止まってしまった。セネルは「無理するなよ」と声をかけたが、クロエは目を閉じて、我慢するように首を振った。

「別に泳げなくても、戦いには関係ないんだから」

セネルがそう言うと、クロエはしっかりと答えた。

「いつ何時《なんどき》、水の中での戦いがあるかわからない。確かに私は泳げないが、少なくとも水に対する恐怖心だけは、拭《ぬぐ》い去《さ》りたいんだ」

「………」

セネルはザブザブとクロエに寄って、両手をさしだした。

「じゃあ、俺が手を引いてやるから、それに摑《つか》まってゆっくりと、浸《つ》かってみよう」

照れながらも彼女は、彼の両手に自分の手を置いた。

「まずは、浅いところからな？　ゆっくりと体を沈ませてみるんだ」

「わ、わかった」

緊張《きんちょう》した面持《おもも》ちで、クロエが返事する。

セネルと向かい合ったまま、静かに腰を下ろしていく。冷たくてひんやりとした感《かん》触《しょく》が伝わってくる。その直後に水面が揺れて、チャプンという音を立てた。たったそれだけのことで、クロエはぎくりとした。恐怖が想像力によって駆《か》り立《た》てられたのだ。

「大丈夫だ。ここは浅いから」

「そ、そうだよな」

「水の中で溺《おぼ》れてしまうって、すぐに考えてしまうんだろ？　そうやっていろいろ考えてしまうのをよせばいい。ここは浅い、絶対に溺れたりしないって自分に言い聞かせるんだ」

「ク、クーリッジ……ありがとう」

セネルの励ましに、クロエは引きつった顔のまま微笑む。それが今のクロエにとって、精一杯の感謝の表し方だった。

おかしな流れで、こんなところで水泳の練習につきあっている。不思議《ふしぎ》だとセネルは思った。以前の自分なら考えられなかったことである……。

しばらくしてジャブジャブと、泉から人の足が水をかく音がしてきた。セネルに手を引かれて、クロエが浅いところを泳いでいるのだ。その姿は、まるで親に手を引かれた子供が、水に慣《な》れる練習をしているように見えた。

ゆえに、とても仲間には見せられない恥《は》ずかしい光景だった。でもセネルは彼女のことを笑ったりしない。またクロエも最初は怖がっていたが、次第《しだい》に真剣になり、セネルの手にしっかり摑まりながら、足を動かし水に慣れようとしていた。

「よし、今夜はこのぐらいにしておこう。あまりあせっても仕方《しかた》がないからな」

そう言って、セネルは岸に上がろうとした。

「クーリッジ――」

立ち上がったクロエが呼び止めた。セネルが振り返ると、

「ありがとう。今度は、剣の特訓《とっくん》をしたいんだが——」

「わかった」

あっさりセネルは了承《りょうしょう》した。気取《きど》らない返事だった。おそらくセネルの魅力《みりょく》は、相手の心を受け入れてくれる、この寛容《かんよう》の精神にあるのだろう。クロエは、今までセネルを誤解《ごかい》し、ケンカばかりしてきた自分が恥ずかしくなった。

——やっぱり、彼はいいやつだ。

そう思った瞬間に、シャーリィの姿が脳裡《のうり》をよぎった。

彼女がセネルのことを兄と慕《した》う気持ちが、わかるような気がした。彼は一見《いっけん》気難《きむずか》しそうだけど、よく付き合ってみると、優しくて頼りになる。

そのシャーリィとセネルは、離れ離れになってしまっている。お互いに、辛い日々を過ごしている。そのことに気遣《きづか》いが薄いのではないか。こちらから甘えているばかりで、彼のために何をしているというのだろう。クロエはまた自分が恥ずかしくなってきた。

「クロエ、練習用の剣を俺に貸してくれないか」

ふいにセネルが言った。泉のほとりの近くにある広い場所に移動していた。我に返ったクロエは、慌てて腰にさした予備の剣を抜いてセネルに渡《わた》す。

「俺はあまり剣の名手じゃないからな、手加減《てかげん》してくれよ」

剣を受け取ったセネルは、笑いながらそう言った。笑顔が素敵《すてき》だった。クロエはその瞬間、自分の中に込み上げる熱いものを抑え込むのに精いっぱいとなった。

——彼のことを好きになり始めている。

隠したい気持ちが強くなった。しかしこれは、いずれ自分を苦しめるほどに大きく、育っていきそうな気がする。

「さあ、いつでもいいぞ。クロエ、どこからでもかかって来い」

セネルが慣れない剣を構えて、身構えていた。


星空は一面そのものが宝石箱のように輝いていた。すっかり夜はふけ、星のまたたきのほうがよく見えるようになっていた。

「無理を言ってすまなかったな……」

息を整えたばかりのクロエが言った。ひとしきり特訓に打ち込み、疲れた身体《からだ》を俺の裏山にある原っぱに横たわらせた。

隣《となり》のセネルもそうして「謝《あやま》るなよ」と、息をきらせながらつぶやいた。

「俺だって、やりたいからやったんだ」

「うん、わかった……」

自分でもびっくりするくらい素直な声で答えて、クロエはセネルの隣で身を起こし、天を仰《あお》いだ。

夜空の星の群れは、優しく輝きながら二人を見下ろしている。クロエは、この時間を心地《ここち》よいと思った。ずっと続くといいのになと、そんな風にさえ、思ってしまった。

「実は……私、人と肩を並べて闘《たたか》うのって……クーリッジが初めてなんだ」

自然と、そのことが言えた。

するとセネルは同意するかのように、

「俺も〈遺跡船〉にくるまでは、ひとりで戦うのが当たり前だったな……」

星空を見上げて、思い出すように言った。

「クーリッジもか？」

「ああ……だから今、こうしてクロエと訓練《くんれん》して、俺自身も学ぶところがあった」

「……………」

クロエは、自分が言いたかったことを彼に言われた気がした。

今まで訓練らしいものは、すべてひとりでしてきた。人の戦いを盗み見て、独学で経験を積んできた。実戦で学んだこともあった。すべて取り潰されたヴァレンス家の誇《ほこ》りのため……。

誰にも頼れないクロエは、ひとりで自分を強くするしかなかった。だから心を許せる友が欲しかった。心地よく、あたたかく、悩みや迷いを相談することができる相手。そして助言をもらえる誰か。優しく気遣った、助言を……今、それを手にした気がする。

「誰かが横にいてくれるのって、こんなにも安心できることだったんだな……もちろん誰でもいいってわけじゃないだろうけど」

セネルだからこそ——私はここまで気持ちを開くことができた。クロエは知らずしらずのうちに、ひとつの答えにたどり着いていた。そしてそれを口にしそうになった自分に慌てた。

「あ、いや。私、何を言ってるんだろうな……」

訂正《ていせい》しようとしたが、すでに遅かった。クロエは、ほぼ本心を口にしてしまっていた。急に顔面がカッと熱くなり、逃げ出したくなった。次の言葉が見つからない。どうしようかと思っていると、

「俺も同じだ」

「えっ？」

クロエは顔を赤らめながらもセネルを見た。彼もこちらを見ていた。真剣なまなざしだった。そして彼は言った。

「クロエが横にいてくれると、心強い」

「えっ……」

言われた瞬間、頭の中が真っ白になった。それはどういうことか、確認する余裕《よゆう》もなかった。

「どうする？　続き、やるか？」

「あ、うん……」

我に返って小さな声で答えた。でもすぐに訓練に戻るのではなく、まだ彼に何か言いたかった。

「クーリッジ……」

「だから、謝らなくてもいいって」

セネルは微笑んで遮ろうとした。

「違うんだ——」

思わず声が大きくなった。

「……」

セネルは驚いた顔をしたが、神妙《しんみょう》にクロエの言葉を待ってくれた。

言わないと、言わないと……。

クロエは頭の中で焦《あせ》った。

――何を？

何を言えばいい？

急にわからなくなった。思いだけはしっかりとあるのに、それを伝えることに抵抗が出てきた。またもやシャーリィの姿が頭に浮かぶ。そう、彼女に悪い気がした。もっと悪いのは、彼女の姉で、ヴァーツラフの許で昏睡《こんすい》状態のままとなったステラという女性のこと……彼女のことを聞いてみたい。セネルがどう思っているのか。しかし聞かなくても答えはわかる。いや、聞いてはいけない。

私がここで言うべき答えは、ただひとつ――クロエは立ち上がった。

「私も協力する！」

「？」

セネルが何のことだろうと首をかしげる。

「ステラさんとシャーリィを助けることを――何としても、二人を取り戻そう！」

クロエは力強く言った。今の彼を勇気づける言葉は、それしかないと思った。

「ああ」

とだけ、セネルは答えた。そして彼女たちの今の境遇《きょうぐう》を慮《おもんぱか》ったのか、陰《かげ》りが顔に浮かんできた。クロエはそれに気づいて、

「ク、クーリッジらしくないぞ！　そうやって落ち込んでいるのは！　お前が元気を出さないと、助けられるものも助けられなくなる！　違うか？」

挑発《ちょうはつ》するように叱咤《しった》した。セネルは苦笑したかのように、少し笑って頷き返す。

「そうだな……悪かった」

と言ったあとだった。

ガサッ！

近くの茂みが音を立てた。それは風のせいなどではなく、あきらかに何者かが潜んでいる気配だ。

「——誰だ！」

セネルとクロエは同時に声をあげた。すると茂みの中から、

「ゴ、ゴロニャ〜〜〜〜ゴ！」

「ウォ、ウオッホン！」

得体《えたい》の知れない動物の鳴き声が返ってきた。

「魔物か！」

セネルとクロエは身構え、爪術《そうじゅつ》を茂みにめがけて放とうとする。

「わああっ！　待ってええ〜！」

たまらず茂みの中から、鳴き声の正体が顔を出した。トレジャーハンターのノーマだった。続いて隣の茂みから山賊《さんぞく》の長のモーゼスが顔を出す。二人とも、今まで盗《ぬす》み聞《ぎ》きしていたのだ。

「なんだ……」

「お前たちだったのか……」

セネルとクロエが構えを解く。そして「何していたんだ？」とセネルが問いかけると、ノーマは明らかに動揺《どうよう》して、小さく踊《おど》りだした。

「……？」

セネルとクロエは、不思議そうにお互いを見た。

やがてノーマは開き直ったのか、

「せっかく近くに張り込んでたのに、あんたら、話してるだけなんだもん！」

「期待外《きたいはず》れもいいとこじゃ！」

と、モーゼスとそろって盗み聞きしていたことを詫《わ》びるどころか、憤然《ふんぜん》としてみせた。

セネルとクロエは虚《きょ》を衝《つ》かれたように、ぽかんとした。それをいいことに、ノーマはますます調子づいた。

「夜中に二人っきりなんだよ？　もう少し色気があってもいいんじゃないの？」

注文をつける口調で茂みから出てくるなり、彼らに歩み寄っていく。

しかし、

「うわ、汗くさっ！」

寄った直後に、ノーマは鼻《はな》をつまんでのけ反《ぞ》った。

クロエはぎくりとした。

「し、仕方《しかた》ないだろう！　私たちは訓練していたんだから！」

慌てて弁解したが、

「あ、汗くさい……？　そんなに……？」

と気にして、自分の服の匂いを確かめた。確かに訓練で汗はたくさんかいたが、それ以上に別の意味でも、汗をかいていた覚えがあるのだ。

「……どうした、クロエ？」

セネルが、何をそんなに気にしていると言いたげな顔を向けてくる。

「ううん……別に！」

クロエは急いでごまかした。

一方、乙女《おとめ》の機微《きび》を理解しないモーゼスは、ひとり別方向で盛り上がる。

「ヨォォシ！　こうなりゃ、ワイもひと暴《あば》れしちゃる！　セの字、どっちが多くの魔物を倒せるか、勝負じゃ！」

モーゼスはセネルに森の奥に行こうと顎《あご》で示した。

このモーゼスも、独特の呼び方をする。セの字とは、つまりセネルのことである。

モーゼスの勢《いきお》いに引きずられるように森の奥へと向かうセネルたちを、茂みの中から監視《かんし》するひとつの影があった。

――まったく、戦争が間近いというのに呑気なものだ。

訓練と称して、遊んでいるだけではないのか。

ワルターであった。彼は、茂みからゆっくりと出て、セネルたちの向かった方向を睨《にら》んだ。

――なぜ奴らと一緒《いっしょ》に戦わねばならぬのか。

ワルターはみずからに課《か》せられた命令を嫌った。水の民の長、マウリッツが決めたこととはいえ、同盟《どうめい》など承服《しょうふく》しかねるものがあったのだ。

あの『人食い遺跡』で、彼らが〈ささやきの水晶〉を持ち帰ってから、連中への信頼度は水の民の中で上がった。まだまだ利用できる奴らだ——とくにマウリッツはそう思ったことだろう。

その〈ささやきの水晶〉のおかげで、〈元創王国〉時代に軍事面で多大な功績《こうせき》を残したと言い伝えられる人形兵士を大量投入できることになったのだ。これにより、水の民の兵力は格段に強化された。

だが、それとこれとは話は別だ。彼らの成果を恩になどしたくないし、ましてや前線部隊に加えるなどやり過ぎに等しい。ワルターは、セネルがクロエとやらと特訓している最中に出て行って、奴に勝負を挑《いど》もうかと思った。だが、邪魔《じゃま》が入った。新たに仲間が寄ってきてしまった。

俺の近くであることが、ワルターに行動を思《おも》い留《とど》まらせた。マウリッツの言う同盟によって陸の民の兵力を利用する——を、指令として受け取るならば、やはり騒《さわ》ぎになる場所でセネルを殺すのは、憚《はばか》られるものがあった。

もっと別の場所で、秘密裏《ひみつり》に殺すべきだ。

メルネスを救いだし、すべての決着がついてからでも遅くはない。ワルターは自分にそう言い聞かせた。

夜風が一瞬、強く吹いた。ワルターの中でくすぶり続ける〈焔《ほのお》〉を煽《あお》られた気がした。

冷まさねばならない。

彼はひとり、庵の裏山で夜空を見上げる。星のまたたきは、いつもどおりに憩《いこ》いのときをもたらす。

……耐《た》え忍《しの》んでいれば、いずれ栄誉《えいよ》の座は訪《おとず》れる。星々はそう告げているように思えた。

メルネスに、早くこの憩いのときを捧《ささ》げたい――。

ワルターはその日の訪れを願った。

〈遺跡船〉で、戦争が起こる数日前のことだった。

4

「お願いです、船を……止めてください……」

シャーリィは、小さな声で訴《うった》えた。

そこは〈遺跡船〉の艦橋の最上階。目の前には、結界に閉じ込められた姉のステラがいる。シャーリィはヴァーツラフの命令によって、ずっとそこに立たされていた。顔色は青く、唇《くちびる》は紫になりかかって震えている。

「そんなに止めたければ、貴様《きさま》の力を発揮《はっき》したらどうだ」

ヴァーツラフが、コツコツと足音を響かせながら近づいてきた。その声には苛立《いらだ》ちがこもっていた。

「メルネスは、〈遺跡船〉のすべてを意のままに操《あやつ》れるのだろう？」

余裕を見せた口調だが、その胸中は確かに不機嫌《ふきげん》そのものだった。

メルネスとしての力を復活させたと思っていたのに、シャーリィはまた、ただの小娘に戻ってしまっている。ヴァーツラフが命じた〈遺跡船〉の簡単《かんたん》な操作《そうさ》すら行えないのだ。

拒否しているのか、それとも力がないのか、いろいろな手を打っていたぶり続けてきたが、どうやら後者らしいということがわかってきた。

数日前の封印を解く行為《こうい》にしても、完全だったとは言《い》い難《がた》い。苦労した末に、偶然できたというような状態だった。シャーリィはメルネスとしての力の素養《そよう》はあるが、まだ制御できないでいるのだろう。

ヴァーツラフはそのことがわかって、うんざりしていた。

どうやれば、シャーリィに、メルネスの力を意のままに操らせることができるのか、最終段階の詰《つ》めに至って判断がしづらい。その状態に、苛立ちばかりが募《つの》っていた。

やはり、あいつが必要なのか。

ヴァーツラフは、試《ため》しに言った。

「セネルがそばにいなければ、何もできんか？」

「………」

シャーリィの横顔は、覗《のぞ》きこむとまるで無反応だった。両腕を部下の兵につかまれ、虚《うつ》ろな目をしたままでいる。静かに低い息だけを続け、ひどいショックを受けた状態に近い。先程から、この傾向《けいこう》はかなり進み、今では受け答えも満足にできなくなっている。使い物にならなくなるのは、時間の問題だ。

ヴァーツラフは舌打ちをした。

「中途半端《ちゆうとはんぱ》もいいところだな。貴様、メルネスとしては欠陥品《けつかんひん》なのか」

苛立ちをそのまま声にした。シャーリィはまだ無反応だ。ヴァーツラフは、呆《あき》れたように息をついた。

だが、シャーリィの心の奥底では、反応があった。

——メルネスとして欠陥品。

その言葉の響きが、ある記憶を甦らせていた。

シャーリィがまだステラやセネルたちと、水の民の里で暮らしていたときのことである。あのころは、シャーリィにとって、一番楽しい時間だったが、ひとつだけどうしても思い出したくない光景があった。

自分としては、精一杯にやったつもりの『託宣《たくせん》の儀式《ぎしき》』。それはメルネスの力をきちんと継承《けいしょう》するための儀式で、それに成功すればシャーリィは、晴れて正式なメルネスの後《こう》継者《けいしゃ》として認められることになっていた。

シャーリィ自身も頑張ろうと思い、ステラやセネルにも励まされていた。嬉しかった。二人が期待してくれている。シャーリィは初めて大人に近づけるような気がした。そして、セネルにもきちんと認めてもらえるような気がした。だから、頑張ろうと思った。

『託宣の儀式』を成功させようと。

それなのにシャーリィは何を間違えたのか、儀式を失敗に導《みちび》いてしまった。自分でも意外だった。うまくいくはずだったのに、何をどこで間違えたのだろう。

今では、どうしてそのような結果になったのか、理由はすべて見えないベールに包まれてわからなくなってしまっている。

何か理由があったはず。何か理由が……。

シャーリィは、頭の中に浮かんだ当時の自分に話しかけたい心境になった。脳裡に映るのは、儀式に失敗して騒《さわ》ぎの中にぽつんとひとりだけ立っている自分。

そのときに、大勢の人たちの戸惑《とまど》いや、驚きや、悔《くや》しげな、いろんな声を耳にした。メルネスとしては欠陥品――その言葉も、そのときに耳にした。

たくさんの人が怒っていたし、泣いていた。幼い自分は、それがどれほど大変なことだったか、失敗してから気がついた。恐ろしくもなった。ただ震えていることしかできなかった。

あのときから、何も変わっていない……。メルネスとしての力を発揮しろと言われても、失敗してばかり。力をうまく出せない自分がいる。

『託宣』の儀式のとき、できるはずだと思っていたことができなかった結果に、相当な悔しい思いをしてきた。だから、次の機会があれば、今度こそうまくいくように頑張ろうとずっと思い、努力もしてきた。

しかし、今の状況では、それは戦争の道具として利用されることを意味した。間接的とはいえ自分の力が――人を殺すのだ。

そのことを考えただけで、震えあがって、何もできなくなる。

と、そのときだった。

「〈滄我砲〉のエネルギーを充塡《じゅうてん》するのだ。その娘の生命、そのものでな」

ヴァーツラフが指示を下した。彼は未発達なシャーリィの力に見切りをつけ、姉のステラの力のみで古代文明の最終兵器を作動させるつもりなのだ。

——そんなことをしたら、お姉ちゃんが死んじゃう！

ヴァーツラフに向かってそう叫びたかったが、気力が奪《うば》われてしまっていた。言葉が声になって出てこない——シャーリィの力が、人を殺す。ふいにまた、どこかで誰かに、そう言われたような気がした。

シャーリィは、自分が何者なのかわからなくなりそうだった。深い闇に沈んでいきそうになる。

だけど、そのときに最後の砦《とりで》として脳裡に浮かぶのは、やはり——セネルのやさしいまなざしだった。それだけが、彼女の支えだった。

TALES OF LEGENDIA

第四章
艦橋前平原の激突

1

〈遺跡船《いせきせん》〉が海上を進む、風の強い夜のことだった——。

墨《すみ》を垂らしたような暗い空の下、湖水《こすい》の失われた艦橋《かんきょう》前平原に、続々と人々が集結《しゅうけつ》し始めていた。

源聖《げんせい》レクサリア皇国《こうこく》の兵士たち、そして水の民の軍勢。

今ここに、歴史に刻《きざ》まれるべき陸の民と水の民の同盟軍《どうめいぐん》が立ち上がろうとしていた。


「本当に、そんな大勢の兵が集まってるのか……？」

闇夜《やみよ》を移動しながらセネルが訊《き》いた。

案内役として先頭を歩むウィルは、指定された集合地点に近づいたのか、立ち止まって声をひそめた。

「安心しろ。オレたちの連絡網《れんらくもう》はかなりしっかりしている。決められた時間と場所に全員残らず集結しているはずだ」

自信を持って話すウィルに、

「おおっ？　源聖レクサリア皇国軍、いよいよお出ましですかあ！」

ノーマがはしゃぎながら言った。

「ああ、見せてやるとも――だが、その前に気をつけて歩けよ」

「はぁ～い」

まるでウィルの生徒のようにノーマは返事する。

もともと湖があった場所のため、土が湿《しめ》っていて柔《やわ》らかい。セネルたちは滑《すべ》らないよう慎重《しんちょう》に歩んだ。ジェイが便宜上《べんぎじょう》『艦橋前平原』と呼ぶ、ヴァーツラフ軍の前線基地付近だった。艦橋の復活に伴《ともな》い、今や陸地となってしまっている場所だ。

歩きながら、クロエが不安そうな声をもらす。

「しかし〈遺跡船〉の中にレクサリアの兵士がいるというのは……まだ信じられない。どこに隠れていたんだ？　今までに、話にすら聞いたこともないんだが……」

「ワイもじゃ」

モーゼスが、ぽつりと同意する。

だがウィルは、

「じきにわかる。こっちだ」

と自信たっぷりに答えて、セネルたちを案内する。まだ湿っている土の隆起《りゅうき》をいくつか越えて、ちょっとした広い空間に出ていく。

そのとき、

(大勢の人間の気配《けはい》がする……)

セネルは足を止めて、深海の底のように暗い広場に目を凝《こ》らした。

最初はそれも、湖の底に群生《ぐんせい》した水生植物の群れかと思ったが、近づいていくにしたがって、たくさんの人影が寄り集まっている姿だとわかった。大群が整列しているのだ。

「あれは……！」

セネルは目を見張《みは》った。

「何じゃあ？」

モーゼスも息を呑《の》んだ。

その隣《となり》で呆然《ぼうぜん》としていたノーマは、

「ちょっとウィルっち、どゆこと？」

先頭に立つウィルに訊《たず》ねた。

かなりの人数が集結しているのはわかったが、その服装は皆、兵士とは言《い》い難《がた》い普通の格好《かっこう》をしていたのだ。ウィルは、その大勢の人が整列する光景を見ながら答えた。

「ここにいる人たちは、全員、源聖レクサリア皇国の軍人なのだ。普段は民間人としてふるまいつつ、いざというときに備《そな》えていたと言うわけだ」

「そうだったのか……」

クロエが、納得《なっとく》したようにつぶやく。

そのとき、またセネルは気配を感じた。

「ノーマ、感じるか？」

「感じます。ビキビキと！」

ノーマが低い声で答える。

「何がだ？」

クロエが、訝《いぶか》しんだときだった。

「この気配は！」

セネルとノーマが同時に警戒《けいかい》したとたん、その男は颯爽《さっそう》と姿を現した。

鍛《きた》えあげた肉体に、はちきれそうなほどピチピチになった小さいサイズの衣装《いしょう》をまとい、白いマントを羽織《はお》ったその派手《はで》好《ず》きの男こそ、

「フェロボン!?」

「略すな！」

男がノーマに怒《おこ》った。この男こそ——灯台《とうだい》の街ウェルテスの顔役を自称する、ヘフェ

ロモン・ボンバーズ〉のエド・カーチスだった。カーチスは相棒《あいぼう》の女性を連れて現れた。

そして彼女よりも先に、高らかに歌いあげる。

「――美しさは力！　グレイト！　フェロモン！　愛のために歌い、愛のために戦う！

フェロモン・ボンバーズのリーダー、エド・カーチス！　パワフルなスポットライトを
浴《あ》びて、ここに参上！」

カーチスは、軽やかなステップを踏《ふ》みながらポーズを決めた。もちろん、どこにもス
ポットライトなどないのだが、彼はすっかりそのつもりでいた。

その隣では、テンガロンハットをかぶり、ホットパンツにブーツ、白いマント、全体
的に露出度《ろしゅつど》の高いウエスタンルックの相棒のイザベラが、

「美しさは罪！　ワンダー、フェロモン！　愛を熱唱《ねっしょう》し、高らかに謳《うた》いあげる歌姫！

イザベラ・ロビンズ！　華麗《かれい》なるスポットライトを浴びて、ここにエントリー！」

と、同じくスポットライトなどなくとも、しなやかな身のこなしでポーズを決める。

あたりはシーンとした。

セネルたちは拍手《はくしゅ》も喜びもなく、場違いな連中の登場に、戸惑《とまど》いを隠しきれなくなっ
ていた。

しかし、ウィルだけは違った。

「二人とも、ここは敵の前線基地の近くだ――くれぐれも注意してくれ」

と、セネルたちの前で登場の見得《みえ》をきったカーチスとイザベラに、真面目《まじめ》に話しかけたのだ。

「うむ。そうであったな、イザベラ君？」

「はい」

カーチスが横を向いて訊ねると、イザベラはしっかりと返事する。相変わらず絶妙《ぜつみょう》のコンビネーションだ。

彼らは日頃《ひごろ》から灯台の街の噴水《ふんすい》広場でリサイタルを開催《かいさい》しており、その息もピッタリ。街の人たちだけではなく、セネルたちもよく知る――あまり近づきたくない存在だった。

「元気か、兄弟！」

カーチスはさっそくセネルに挨拶《あいさつ》した。とても親しげなその挨拶にクロエとモーゼスが「兄弟？」と、引きつった笑みで訊ねた。

「き、聞き流してくれ……」

セネルも引きつった笑みを浮かべながら、モーゼスとクロエに言った。さすがに友達は選びたいところだが、ふと、そこで気がついた。

「ま、まさか、ここに来たってことは……お、お前たちも？」

信じられない顔をしてカーチスとイザベラを見つめていると、横からいつになく緊張《きんちょう》した面持《おもも》ちのウィルが言った。

「まさかと思いたいだろうが、セネル。この人は、源聖レクサリア皇国・近衛軍総司令《このえぐんそうしれい》のカーチスどのだ」

「えっ？」

一瞬、何を言われたのかわからなかった。セネルだけではなく、ほかのみんなも一緒《いっしょ》だった。ただ呆然と、目をしばたたいていた。

ウィルは構わず紹介を続ける。

「カーチスどのは、今回の軍事作戦においてマウリッツさんと共に同盟軍全体の指揮《しき》を執《と》る」

そこでセネルたちが、ぎょっとした。

「うそおおおっ⁉」

思わずみんなが声を上げた。

今まで、街の噴水広場でストリート・パフォーマンスをやる程度の迷惑《めいわく》なコンビだとあきれていたのに、なんと天地がひっくり返りそうなほどの驚《おどろ》きへと爆発した。

見下していた存在から、見上げるような存在に！

どんなに信じたくなくても、信じなくてはいけないかと思われたそのとき——。

「ま、待ってくれ。近衛軍と言うのは、聖皇陛下《せいおうへいか》をお守りするのが仕事だろう？ なぜそんな立場の人が、〈遺跡船〉にいるんだ？」

クロエが訊ねた。

「しかもそれがフェロボンって！」

続いてノーマが、フェロモン・ボンバーズを略して聞いた。

そんな疑問にイザベラが答えた。

「陛下はもう何年も前から、〈遺跡船〉にご滞在《たいざい》あそばされているのです」

さらに隣のカーチスも、

「我々は日々、陛下をお守りしているのだっ！ そうだな、イザベラ君！」

「はい」

イザベラはしっかりと、カーチスに頷《うなず》き返《かえ》す。

源聖レクサリアの聖皇陛下は、世界をも揺るがしかねない〈遺跡船〉の重要性に気づき、何年も前から〈遺跡船〉に移り住み、密《ひそ》かに情勢を監視《かんし》していたのだった。

もちろんそれは、公《おおやけ》に知られていることではない。

「そして我らはその聖皇陛下をお守りする近衛軍！ フェロモン・ボンバーズとは、世を忍ぶ仮の姿っ！」

「しのんでないわあ！」

ノーマがしっかりとツッコミを入れた。

「はああ……もう、何が何だか……」

クロエは頭を抱《かか》えそうになっていた。

「難しく考えるな、兄妹《きょうだい》！　悩んだときは、歌うがいい！」

今にも美声を轟《とどろ》かせて歌いだしそうだったので、

「総司令。マウリッツどのの許《もと》へ行かないと」

「むむ、そうだった」

間一髪《かんいっぱつ》、ウィルが促《うなが》し、カーチスは思いとどまった。

「じゃあな、兄弟！　しっかり励《はげ》むのだぞ！　ふはははは！」

そこでまた、フェロモン・ボンバーズはきちんとポーズを決めてから去っていく。

セネルたちは呆然と見送った。

去《さ》り際《ぎわ》まで騒《さわ》がしいコンビだった。

2

「皆さん！ 日ごろの秘密特訓《とっくん》の成果を、実践《じっせん》する日がやってまいりました！」

イザベラが丘の上に立ち、常夜灯《じょうやとう》に照らされて整列する人々に向かって威勢《いせい》よく鼓《こ》舞《ぶ》した。

決起《けっき》集会が始まったのだ。水の民の長《おさ》のマウリッツと、源聖レクサリア皇国近衛軍総司令のカーチスの固い握手《あくしゅ》によって、同盟軍が結成《けっせい》された。そして水の民と陸の民の兵士が眼下《がんか》にそろう。セネルたちも呼ばれ、首脳陣の後ろでその模様《もよう》を眺《なが》めていた。

「目標、ヴァーツラフ軍前線基地！」

イザベラが振り返って、めざす敵の陣地を指《さ》し示《しめ》す。隆起した地面に隠れて見えないが、彼女が指さした方角——その先には、切り立った崖《がけ》の間に細い溝《みぞ》が走り、その狭《せま》い空間にヴァーツラフ軍の前線基地があった。さらにその先には、地中から飛び出てきた、〈遺跡船〉の艦橋ともいえる細長い塔が立っている。めざすは、その最上階であった。整列していた兵たちの顔が引きしまった。

民間人だった陸の民も兵士の姿に変わり、精悍《せいかん》な顔つきを見せていた。水の民は皆、白いローブに身を包んでいる。

同盟軍はその数、約三千人。〈遺跡船〉の灯台の街に住むレクサリアの兵士を中心とした陸の民の軍勢が千五百人。この日のために上陸した兵、および隠れて暮らしていた水の民と合わせて、二倍の人員に膨《ふく》れ上《あ》がっている。〈遺跡船〉に一万近い大軍を率いて乗り込んできたヴァーツラフに対抗するためには、やはり水の民と陸の民が同盟を結ぶことは必要だったのだ。

「間もなく、作戦開始です」

ジェイが、離れた場所にいたセネルたちの許に歩み寄ってきた。スピーチをする予定のないジェイは、個別の指示を与えにきたというわけである。

「皆さんは敵の側面か、もしくは後方をかく乱しつつ、艦橋内への潜入《せんにゅう》をめざしてください。いいですね？」

神妙《しんみょう》に聞いていたセネルたちから、ウィルが代表して訊ねる。

「つまり前線基地を潰《つぶ》すことよりも、その防衛線《ぼうえいせん》の突破《とっぱ》をオレたちは優先しろというわけだな？」

「はい、そうです。何があってもヴァーツラフに〈滄我砲《そうがほう》〉を撃《う》たせてはなりませんから」

白い肌をしたジェイの顔がけわしくなり、常夜灯によって紅《あか》く浮かび上がる。

「撃たれてしまったら……その時点で、ぼくたちの戦いは負けですから」

「……」

重苦しい空気になった。みんな、そのときの状況を思い浮かべて、軽い返事などできなくなっていた。ことに、セネルにとってはステラとシャーリィの命にも関わるのだ。

やがてノーマが、ぽつりとつぶやく。

「みんなが、頑張《がんば》る理由……なくなっちゃうもんね」

「ええ、そうです。だから準備は念入りにしておいてくださいね。失敗したときに言い訳されても困りますから」

「ワレは一言多いんじゃ」

そんなことは分かってるとモーゼスが嚙《か》みつき返す。

ジェイのほうも緊張していたのだろう。あえて言わなくてもいいことを厭味《いやみ》のように、刺《とげ》のある言い方をしてしまい、止まらなくなっていた。

「これでも我慢《がまん》してるんですけどね。特に、どこかのバカ山賊《さんぞく》に対しては」

「ほう、上等じゃ。ワレとは今すぐ、ケリつけちゃる」

「誰もモーゼスさんのことだなんて、言ってませんけど？」

ジェイは挑発《ちょうはつ》するかのように言い捨てた。

するとと我慢できなくなったウィルが、

「いいかげんにせんか、バカ者どもが！」

間に入ってモーゼスとジェイの頭を一発ずつ、ゲンコツでボカボカどついた。

「な、何でぼくまで……」

頭を抱《かか》えながら、ジェイが言った。

作戦参謀《さんぼう》として偉《えら》い立場だったはずなのに、すっかり自分の権威《けんい》を失墜《しっつい》させる事態《じたい》を招いてしまった。

「各自、足りないものがないか。確認しておくように」

ジェイに代わって、今度はウィルが場を仕切《しき》った。

「いいな、ノーマ？」

「だからど〜して、あたしばっか構うの！」

名指しで注意されたノーマは、足をばたばたさせて抗議《こうぎ》した。その間に、ゲンコツを食らった痛みを抑《おさ》えたジェイがあらためてセネルたちに指示する。

「皆さんは、シャーリィさんたちの奪還《だっかん》を第一に考えてください」

「言われるまでもない」

セネルが、急に顔を怖くさせる。何としてもふたりを取り戻す……という強い決意が表れていた。

ジェイはそれも見越《みこ》したうえで情報を与えた。

「マウリッツさんの話では、シャーリィさんとステラさんがいるのは、艦橋の最上階のようです。いいですか、ザコには構わずそこをめざしてください」

変装《へんそう》して敵陣に潜《もぐ》り込《こ》んでいる水の民からの情報であるため、それは信頼性も高い。

セネルたちが頷き返した。

「覚悟《かくご》は出来ているものの……到達するには、道のりは困難《こんなん》だな」

クロエがつぶやきながら、遠くにそびえ立つ塔を眺める。

艦橋となる塔は、静かに畏怖《いふ》すべきその巨大な姿をさらしていた。その最上階までたどり着くのに、果たして全員無事でいられるだろうか。クロエの中に不安が忍び寄る。

「よし、みんな作戦内容を理解したな」

ウィルが締《し》めくくった。

丘の下に整列している同盟軍から、ざわめきが大きくなった。

「号令が、いよいよかかるみたいですね――」

ジェイが振り返って言った。見ると、兵の群集を見下ろすように、マウリッツが丘の上に進んでいる。

水の民の長は、眼下に並ぶ同胞《どうほう》に向かって呼びかけた。

「さあ、勇敢《ゆうかん》なる水の民の諸君《しょくん》。今こそ我らの手にメルネスを取り戻さん！」

その声に、白いローブをまとった〈煌髪人《こうはつじん》〉――水の民は姿勢《しせい》を正して応《こた》えた。おそらくそれが彼らの悲願《ひがん》なのだろう。

カカシと呼ばれる鎧《よろい》をかたどったような人形兵士――〈ささやきの水晶〉によって遠隔操作《えんかくそうさ》される空中自走の古代兵器も、約百体ほど揃《そろ》えられて整列している。それを『人食い遺跡』から集めてきた水の民の、この決戦にかける意気込《いきご》みが見受けられる。

そして丘の上には入れ替わるように、カーチスが立った。

カーチスは戦闘《せんとう》開始の号令をかける。

「いざ行かん、愛のためにっ！　レ――ッツ！　同盟軍！」

「ウオ――ッ！」

陸の民も水の民も一緒になって、雷のごとき荒々しい蛮声《ばんせい》を轟かせた。その勢《いきお》いは、やがて進軍の足音となって、湖の底だった地を揺《ゆ》らし始めていく。

「いよいよ始まったのう」

丘の上から見下ろすモーゼスが言う。

「目標は、ここから一番奥——最終防衛線の突破だ。いいか、オレたちもいくぞ」

ウィルが進軍していく同盟軍を見送ったあと、振り返って言った。セネルたちも準備は万全だと言いたげに、丘の上から降りる道へ向かう。

——ステラ、シャーリィ！　今、助けに行くからな！

セネルは歩みながら、その思いを強めた。

そして、

「よし、行こう！」

セネルの声と共に、一斉《いっせい》に同盟軍とは別のルートを駆《か》けだした。


隆起した小さな山をいくつか越えると、ヴァーツラフ軍の前線基地が見渡《みわた》せる別の小高い丘の上に出た。

そこは艦橋の復活とともに即席で造《つく》られた砦《とりで》である。ゆえに、さほど堅固《けんご》な陣地には見えなかった。門灯《もんとう》の輝きが、緒戦《しょせん》の模様を浮かび上がらせている。

同盟軍は門前に群がり、柵《さく》をよじ登って越え、次々に敵の陣地内に進入していった。奇襲《きしゅう》の勢いに動揺《どうよう》したのか、ヴァーツラフ軍の兵士がうろたえている様も見えた。

だがそのとき、陣地の奥から多数の兵が飛び出してきた。その勢いに、たちまち同盟軍は押されたが、水の民が用意した人形兵士の参戦によって、流れは混沌《こんとん》とした。

　空中を自走する鎧の兵と言ってもいい人形兵士は、いくら攻撃《こうげき》されてもひるむことなく、ひたすら敵を追い詰め、斬《き》りかかっていく。攻《せ》めあぐねたヴァーツラフ軍の兵が疲《ひ》労《ろう》したところを狙《ねら》って、同盟軍がとどめを刺す、そういった乱戦があちこちで広がっていく。

「あの人形兵士は……水の民のワルターが、動かしているって話だけど？」

　小高い丘の上から戦況《せんきょう》を眺めていたクロエが、感心したように訊ねた。

　そばにいたウィルは、身を潜《ひそ》めるようにして言った。

「そうだ。別の場所から、〈ささやきの水晶〉で彼らを操《あやつ》っているそうだ」

「大したものだな……」

　クロエは誉《ほ》め言葉を口にしそうになった。すると、その言葉を遮《さえぎ》るように反応したのはノーマだ。

「こ～しちゃいられない！　みんな、すぐ突入よ！」

「いきなりあせってどうしたんだ、ノーマ？」

　セネルが、丘を駆け下りだした彼女の背に言った。ノーマは立ち止まって振り返る。

「ワルちんに負けるのだけは、絶対にイヤ！　気分的になんかムカつく！」

「その意気《いき》じゃ、シャボン娘！」

モーゼスが拳《こぶし》を振りあげて、ハッパをかける。

妙《みょう》なところで気が合う二人である。ちなみにワルちんは、ワルターのことで、シャボン娘はノーマのことである。なぜシャボン娘なのかは、誰もその理由をモーゼスに訊ねた者がいなかった。

「行くわよ、みんな！　最終防衛線めざして、ゴ〜！」

ノーマが号令をかけた。

「ヒョオオオオッ！」

モーゼスが奇声をあげる。

「……お前たち、軽率《けいそつ》な行動は慎《つつし》めよ」

ため息まじりに、ウィルが注意した。


「この戦いの結果如何《いかん》で、今後の展開が決まる。何とか快勝したいものだ」

丘の上の同盟軍の陣に残った首脳部の中で、マウリッツがつぶやいた。

「とはいえ、ヴァーツラフの配下《はいか》には実戦経験の豊富《ほうふ》な兵がそろっていますから、油断《ゆだん》はできないと思います」

イザベラが慎重《しんちょう》に答える。

同盟軍の陣営を前にして、マウリッツ、カーチス、イザベラ、そして水の民の娘のフェニモール、さらにセネルたちが『人食い遺跡』で救出した謎《なぞ》の女性、グリューネもそこにいた。みんな、丘の上から戦況を見守っていた。

そこへ、各連絡係の報告を受けていたジェイが戻ってくる。

「どうやら艦橋にいる本隊が、そろそろこちらの動きに反応を示したようです……前線基地を落とす前に出てこられると、マズいな……」

ジェイは、首脳部に報告したあとに唇《くちびる》を嚙《か》みしめた。

カーチスの元にも、別の伝令の兵士が駆けつけてくる。耳打ちされて、内容を聞いたカーチスは、いつもの頼もしい笑みを見せた。

「また、あのカカシ部隊が前線基地の施設《しせつ》を破壊したそうだ！　やるじゃないか、確か隊長の名前はワルターとかいったな？　そうか、この闘《たたか》いが終わったら、フェロモン・ボンバーズにスカウトするかな！　はっはっはっ！　なあ、イザベラ君？」

「はい」

イザベラは承諾《しょうだく》した。隣で聞いていたマウリッツは少々困った顔をした。さらにその隅で、水の民の娘フェニモールは、両手を胸の前でぐっと握《にぎ》りしめ、祈るように耐《た》えていた。そんな姿を見かねて、グリューネが寄ってくる。

「フェニモールちゃん、大丈夫《だいじょうぶ》よ……みんなきっとやるから」

すらりと背が高く、艶《つや》っぽい衣装のグリューネが微笑《ほほえ》む。

「グリューネさん……」

黄金の髪を後ろで結《ゆ》ったフェニモールは、彼女の優しさに触《ふ》れて少しだけ安堵《あんど》の息をついた。

一方のセネルたちは、すでにヴァーツラフの前線基地に突入していた。

左右が切り立った崖の間にある深い溝は、岩壁《いわかべ》にはさまれた細い道のりだ。至る所で、同盟軍とヴァーツラフ軍の小競《こぜ》り合《あ》いが続いている。

クロエが、はっとなった。自分の目の前で、同盟軍の戦士がやられそうになっていたのである。

「くっ——」

思わず剣を抜いて、助けに行こうとした。

しかし、

「待て、クロエ！　こんなところで力を消耗《しょうもう》するな」

ウィルに、肩を摑《つか》まれた。

助けにいきたいのに、助けにいけない――もどかしさが、クロエを襲《おそ》う。

しばしそこに立って呆然としてしまった。

「行こう、クロエ！」

セネルが側《そば》に来て促す。

「俺《おれ》たちには、俺たちの任務がある。その場の状況に流されてはいけない。それはウィルにも誓《ちか》ったことだろ？」

「クーリッジ……」

クロエは、非情にならざるを得ない状況に、辛《つら》くなった。顔を上げると、セネルが戦場で場違いなくらい心配そうな顔で、こちらを覗《のぞ》き込《こ》んでいる。

――彼をこれ以上、心配させてはいけない。

「わかった、行こう――」

そう言って、彼と再び走りだした。

乱戦を繰り広げる同盟軍とヴァーツラフ軍の間を縫《ぬ》うようにして、セネルたちは突き進んでいった。塹壕《ざんごう》を飛び越え、いくつかの軍営を横切った。

やがて騒々《そうぞう》しい戦場を抜けると、怒声《どせい》や悲鳴、そして剣のかち合う音さえしなくなった。前線基地のかなり奥に到達したのだろう。人の影がまったくなくなり、目の前には、切り立った左右の崖の幅《はば》いっぱいに造られた大きな堅陣《けんじん》が見えてきた。

「あれが――」

「ここの本陣なのか！」

先頭を走るセネルとウィルが叫び、そこに近づく一歩手前で立ち止まった。

そこはバリケードに囲まれ、一番奥に玉座らしい場所があった。

息を整えながら、先頭のセネルが歩きだす。ウィルも続き、ほかの皆も従った。

玉座は、相当な規模だった。さらに闇よりもどす黒い大きな影が、鎮座《ちんざ》しているように見える。いや、さらに近づくと――そいつは荒い呼吸をしているのがわかった。

生きている！　いかつい巨軀《きょく》の怪物である！　その怪物の息づかいは、怒りを伴《ともな》ったかのように、さらに荒《あら》くなった。

そして立ち止まったセネルたちの前で、いかつい巨体を持ち上げた。同時にそいつは、猛《たけ》りの咆哮《ほうこう》を上げた。サッと、セネルたちが身構える。

「こいつが門番ってわけね！　よおお〜〜〜〜し！」

ノーマが戦闘態勢に入る。

「一気に行くぞ！」

セネルが皆に言った。

――怪物との闘いが始まる。

「魔神拳《マジンケン》・双牙《ソウガ》！」

セネルが、すぐさま拳をくり出し、衝撃波《しょうげきは》を二連続で放つ。怪物に命中し、ひるんだところをクロエが『迅羽《ジンウ》』で飛びかかる。怪物の腹に剣を突き刺して引き寄せた。

「今だ！」

クロエの声に、モーゼスが反応した。狼《おおかみ》の闘気《とうき》をまとった槍《やり》を投げつける。どすんと、怪物の胸に当たった。

「チアリング！」

ノーマはブレス系の爪術《そうじゅつ》でサポートする。セネルの攻撃力を増強したのだ。

「鳳凰天駆《ホウオウテンク》！」

たちまちセネルは炎をまとって跳躍《ちょうやく》し、怪物めがけて突進《とっしん》する。

だが！

――ガシッ！

「あうっ！」

怪物が、セネルの体をその太い腕で受け止めた。そして太い腕にググッと力をこめる。

「うぐっ！　あぐぐぐ……」

セネルが握りつぶされるかのような悲鳴を上げる。

「ひゃああ！　セネセネが捕《つか》まっちゃった！」

「感心してる場合か！」

呑気《のんき》そうなノーマを一喝《いっかつ》するかのように、クロエが再び飛び出していく。

「散沙雨《チリサザメ》！」

捕まったセネルを助けるべく、怪物の脇腹に向かって剣の突きを繰り返す。

――グオオオォォッ！

怪物が咆哮し、セネルを捕らえたのとは別の腕でクロエをなぎ払う。

「ああっ！」

クロエは吹っ飛ばされた。地面に叩《たた》きつけられ、動かなくなる。

ズズン、ズズン！

怪物がノーマのほうに迫《せま》ってくる。手にしたセネルはぐったりしていた。

「あわわ……こっち来ないでよぉ！」

震《ふる》え上《あ》がったノーマを庇《かば》うように、モーゼスが彼女の前に飛び出す。

「鷲羽《ワシユウ》！」

モーゼスが地を蹴《け》って跳《と》び上《あ》がり、鷲《わし》の闘気をまとった槍を上空から斜め下の怪物に向かって放つ。

――グサッ！

怪物の眸《ひとみ》のあたりに突き刺さった。

ウオオオオン！

苦痛の叫びをまき散らすように、怪物がもがいた。

「今じゃ、シャボン娘！　術を唱《とな》えるんじゃ！」

着地したモーゼスが叫ぶ。

「う、うん！」

ノーマが構え直す。

「ファイアストーム！」

炎の嵐を発生させて、怪物を渦《うず》の中に巻き込む。そのときだ、振り回された怪物の手から、セネルが解放される。

「うぐっ！」

セネルが背中から地面に落ちた。

「セネル！　ファーストエイド！」

ウィルが、セネルの回復《かいふく》に努《つと》めた。

「助かる！」

その間に、クロエも復活した。意識を回復したらしい。あらためて剣を構える。

「襲爪雷斬《シュウソウライザン》！」

クロエが大技を放った。剣での連続攻撃のあとに、雷をまとった一撃《いちげき》で締めくくる。

怪物が悲鳴を上げてのけ反《ぞ》った。

「よし、一気にカタをつけてやる！　爆竜拳《バクリユウケン》！」

力を回復したセネルが、怪物に駆け寄って拳を連続で打ち込んでいく。

怪物はたまらずもんどり打って、その巨体を地面に崩《くず》した。そして倒れたあと、そのままピクピクと痙攣《けいれん》し、息絶《いきた》えた。セネルがとどめを刺したのだ。

「ヒョオオオッ！　勝ったぞォ！　子分ども、見ちょるか？　ワイらの大勝利じゃ！」

モーゼスは飛びあがらんばかりに喜んだ。見ると、同盟軍の戦線を突破してきた兵たちが追いついたのか、周《まわ》りを取り囲んでくる。みんな、弾《はじ》けるような笑顔でセネルたちに称賛《しょうさん》を送ってきた。

「よっしゃあ！　全員で勝どきといこうかい！」

モーゼスは拳を振り上げ、喜びを爆発させた。

「オオ――――――ッ！」

その場にいた者たちも拳を振りあげる。


「最終防衛線、突破しました。一番乗りは独立遊撃隊所属《どくりつゆうげきたいしょぞく》、30小隊です」

イザベラが伝令の報告を受けて、丘の上にいた同盟軍首脳部の全員に伝えた。とたんに全員の表情が明るくなった。そんな中で、ジェイが冷静に言う。

「セネルさんたちですね……」

声に少しだけ嬉《うれ》しさがこもっていた。そして彼は足早にその場を去った。

「さすが兄弟。やるではないか。フハハハハ！」

カーチスは輪の中心に来て、豪快《ごうかい》に笑いだす。

水の民の長、マウリッツは胸を撫《な》で下《お》ろしたかのように深い息をついた。

その隣では、

「セネルちゃんたちが無事で良かったわぁ」

グリューネがルンルン気分で喜んでいる。さっきまで大丈夫だから安心しろと言っていたはずなのに、実は本人も心配だったのか――。そして彼女も、ジェイのあとを追うように駆けだした。

「そう……ですね……」

見送ったフェニモールが、緊張を解《と》くようにひとりごちる。

それだけセネルたちの前線基地突破は、大きな意味を持っていた。本当のところをいうと、前線基地さえも突破できないのではないかという不安を、実は誰もが内心抱《かか》えていたのである。

もっともそれは、当のセネルたちも同じだった。

「おい、みんな！　俺たちがヴァーツラフ軍に勝ったのって、今回が初めてじゃないか」

前線基地の奥にいたセネルが、我に返ったように仲間を見渡して言った。

闘うことに無我夢中《むがむちゅう》だったのか、クロエは勝利した実感がわかないらしい。いまだに、きょとんとしたような顔をしていた。モーゼスとノーマの二人は、あとから追いついてきた同盟軍たちと喜びを分かち合っている。あたりの現状を調べていたウィルは、セネ

ルの声が聞こえたのか、戻ってきて、

「そのとおりだな。ようやく一矢報《いっしむく》いたというわけだ」

と、満足そうに微笑《ほほえ》んだ。

セネルも微笑んだ。充実感《じゅうじつかん》があった。水の民の庵《いおり》で、深夜にクロエたちと特訓してきた成果が、ここにきて初めて現れたのである。仲間と努力することによって、今まで得られなかったものが得られた――それは、他人に対して警戒することばかりを続けてきたセネルにとって、心の扉を少しだけ開かせるような影響《えいきょう》をもたらしていた。

「皆さん、最終防衛線一番乗りおめでとうございます」

なんとその場所に、ジェイが駆けつけてきた。

作戦参謀が戦場に足を運ぶなんて、あまり例を見ないことである。同盟軍と手を叩きあって喜んでいたノーマは、すぐさまジェイの許に駆け寄ってきた。

「どうよ、ジェージェー？　あたしらの活躍《かつやく》ぶり！」

自慢《じまん》げに胸を張られたとたん、ジェイは急に表情を晦《くら》ませた。

「ええ、まあ。皆さん、それなりに働いてましたね」

「それなりとか言うなあ！」

ノーマがツッコミを入れたが、ジェイの冷静な表情はぴくりとも変化がなかった。

本当は自分も、みんなとともに喜びを分かち合いたかったのかもしれない。興奮《こうふん》して セネルたちの許に駆けつけてきてしまったのは、その表れだったのかも知れない。だが、彼らを信じきり、心を開くことができない。矛盾《むじゅん》した自分の行動を感じつつも、ジェイは作戦参謀としての顔に戻った。

「各部隊が、艦橋前平原に集結を始めています。ウィルさんたちもお願いします」

闘いはまだ終わっていない。

これからが、いよいよ決戦なのだ――ジェイのひと言で、喜びに湧《わ》いていた皆が静かになった。現実に引き戻されて全員が神妙な表情になる。

「ぼくたちの目的は、艦橋の最上階にいるヴァーツラフ――彼に、〈滄我砲〉を撃たせないことです。ここでのんびり時間を潰している暇《ひま》はありません。すぐに次の攻撃に移りましょう」

「わかった――」

ウィルが、ジェイの言葉に頷いたときである。

「セネルちゃん」

グリューネがこの場に駆けつけてきた。彼女はジェイよりも場違いで、その色っぽいいでたちは完全に浮いていた。

「良かったわぁ～、セネルちゃん」

グリューネは、にこにこしながらセネルのほうに歩み寄ってくる。

当のセネルは自分に何の用があるのかと、目をしばたたいた。

一同も何だろうと見守っている。そんな中、セネルの前で立ち止まったグリューネはしばし、微笑みながら彼のことを見つめたあと、いきなりぎゅっと抱きしめたのである。

「！」

その場にいた全員が、息を呑んだ。

セネルよりもちょっとだけ背が高いグリューネは、力いっぱいセネルを抱きしめていく。全身で、愛を表現しているかのように、優しく、力強く——一方のセネルは不意《ふい》をつかれたのか、硬直《こうちょく》したままであった。

「……グ、グリューネさん……」

動揺した声をもらすのが精一杯だ。

「お疲れさま。よくがんばったわね……」

グリューネが、セネルを抱擁《ほうよう》して頬《ほお》ずりをしながら彼の耳元で甘くささやく。

セネルはじっとそのままでいた。あまり経験のない出来事《できごと》に、どう反応したらいいかわからなくなったのである。

「ええのう、セの字……姉さん、ワイにもしてくれんかのう……」

モーゼスは指をくわえて羨《うらや》ましそうだった。

ほかのみんなは目のやり場に困ったかのように照れた表情で、視線をあちこちに向けていた。するとクロエが、遠くに視線を向けたときに何かを発見する。

「な、何の光だ？　あれは――」

さっと表情を変えて、みんなに伝えた。

「猛りの内海からだな……」

ウィルが、クロエのさし示した方角を見つめてつぶやいた。

〈遺跡船〉の中心にある、ぽっかりと丸い穴が空いたような巨大な内海。その水面に光の柱が立ち登っていたのである。

「……きっと〈遺跡船〉が、ワイらの勝利を祝っちょるんじゃろ」

モーゼスは自分なりの解釈《かいしゃく》で、光の柱を満足げに眺めた。

神々《こうごう》しく、その美しさに息を呑むような光景だった。

「あのときと一緒だ……」

ウィルは思い返した。

『光の柱立ち上りしとき、メルネスは再び蘇《よみがえ》らん――』

〈元創王国《げんそう》〉時代の記録に、古刻語《ここくご》によって示された言い伝え──その現象が、再び目の前で起きたのである。
一度目は、セネルとシャーリィが〈遺跡船〉の海岸に流れ着いたとき。まるで彼らを
迎《むか》えるかのように光の柱が立ち上《たのぼ》った。
その現象が再び起きたというのは、何を意味しているのか。ウィルには見当がつかな
かった。しかし、内海から立ち登る光の柱を見つめている一同の中で、そのことを理解
している者がいた。
「彼女も、喜んでいるみたいね……」
グリューネがセネルの耳元でささやいたあと、離れた。その言葉も耳に届かないほど、
セネルは呆然として、光の柱を見上げていた。そしてつぶやく。
「同じ色だったんだな……」
「え……？」
セネルが口にしたことに、クロエが反応した。光の柱を見つめる彼の横顔は、優しげ
で、幸せに満たされているかのようだった。クロエはそこに自分が入っていけない見え
ない壁のようなものを感じた。
セネルは光の柱に向かって、ゆっくりと歩みだし、そして何もかも悟《さと》ったような表情

で、小さく言った。

「……ステラのテルクェスと」

つぶやいたあとに、セネルは理解した。

水の民の使う特殊な爪術テルクェス——ひとりひとり色も形も違うそれの、まさにステラの生み出す光の蝶《ちょう》と同じ色の光だった。

それが目の前に存在するということは、ステラは生きている。

ヴァーツラフのもとで昏睡状態《こんすいじょうたい》だが、彼女の意思は見えないところで生きている。そしてセネルに、優しさと勇気と、愛を伝えてくる。たとえ姿が見えなくても、セネルはステラに見守られている安心感を得たのだった。


「水の民と陸の民の同盟軍か……奴らも、ついに切羽詰《せっぱつ》まったようだな」

艦橋の最上階で、ヴァーツラフはおかしさを嚙み殺していた。

フロアの壁を一周するかのように並んだ大きな窓のひとつから、眼下の騒《さわ》ぎを見下ろしていた。明け方になって太陽が昇《のぼ》ると、切り立った崖の中を走る溝にも朝日が差し込み、多くの兵士が倒れている姿が米粒のように点在しているのが見えた。

連中も必死なのだろう——命がけで、〈滄我砲〉の発射を食い止めようとしてきている。同盟まで組んで挑《いど》んできた行為は、伝令の者が伝えてきた話を聞くだけでも滑稽《こっけい》なものだった。所詮《しょせん》、水の民と陸の民は相容《あいい》れぬもの。

どうせそのうち仲たがいが起きて、同盟などうまくいかなくなる。

ヴァーツラフは、前線基地を落とした程度の勝利に酔《よ》いしれているであろう同盟軍が、哀れに思えてならなかった。その哀れな連中に、罪の償《つぐな》いをさせねばならない。

我《わ》が部下を殺した罪。我がクルザンド王統国《おうとうこく》に逆らった罪を、その死をもって償わさせねばならないのだ。

「トリプルカイツに、出撃《しゅつげき》を命じろ——」

ヴァーツラフは、側にいた者に命じた。

「はっ！」

命令を受けたその部下は敬礼《けいれい》したあと、最上階のフロアから走り去った。

トリプルカイツとは、独立師団《どくりつしだん》のメンバーである。

魔獣使い、閃紅《せんこう》のメラニィ。

仮面の剣士、烈斬《れつざん》のスティングル。

特殊《とくしゅ》工作員、幽幻《ゆうげん》のカッシェル。

この三人が幹部《かんぶ》として、ヴァーツラフに従っている。

実力による王位奪取《だっしゅ》を狙《ねら》うヴァーツラフにとって自慢の精鋭《せいえい》である。彼らが参戦すれば、水の民と陸の民の同盟軍などひとたまりもないだろう。

トリプルカイツは、たった三人で大軍を仕留《しと》めることができる。個々人の能力も高いのだ。

「とんだ余興《よきょう》を見せられたが、本番はこれからだ」

ヴァーツラフは振り返る。

視界に、すでに半透明《はんとうめい》の結界《けっかい》に閉じ込められたステラとシャーリィの姿が見えた。

どんなにあがこうが、もう無駄《むだ》だ。

〈遺跡船〉の操作方法も徐々に解明され、今や船は進路に狂いもなく、聖ガドリア王国をめざして海上を走っていた。ステラと、そしてシャーリィをも装置につなぎ、〈滄我砲〉へのエネルギー充塡《じゅうてん》も着々と進みつつある。

そう、何もかも遅い。遅すぎる——。

ヴァーツラフは心の底から笑った。

「――多少の不具合《ふぐあい》は構わないから、さっさと動かせるようにしろ！」

オスカーは、人形兵士の整備を行う仲間にがなり立てた。

艦橋前平原の前線基地に近い、切り立った崖の陰に位置した人形兵士の待機《たいき》場所である。そこでワルターは〈ささやきの水晶〉の前に立ち、人形兵士の遠隔操作を行っていた。

一方のオスカーは彼を補佐《ほさ》するため、整備を行う部下たちに檄《げき》を飛ばしているところだった。

「早くしてくれよ。もう決戦は始まってしまってるんだぞ――」

いつもは温和なオスカーも、このときばかりは興奮している。それもそのはず。セネルたちが攻め落としたあとの『人食い遺跡』から発掘《はっくつ》してきた三百体あまりの人形兵士は、そのうちの半分以上が、まだ起動《きどう》できていないのだ。

3

実戦投入できた百体余では、まだ数が足りない。前線基地を落とすまでは有利だったが、いよいよヴァーツラフは本隊を差し向け、本腰を入れた反撃を開始している。

伝令の者から伝え聞くと、その中にはヴァーツラフ直属《ちょくぞく》の部下であるトリプルカイツまでが投入されているという話だ。早く残りの人形兵士を投入させないと、仲間たちの命が危ない。それに、〈ささやきの水晶〉を使って、遠隔操作を行っているワルターの疲労も激しくなる。オスカーは、慣《な》れない現場指揮官を任されてあせっていた。

「ダメだ、こいつ壊《こわ》れてる！」

「こっちもだ。古代の技術は、さっぱりわからない」

整列した百体以上の人形兵士にそれぞれ散らばって、整備を行っていた水の民から、次々に音《ね》を上げる声があがった。

「どけ！　僕がやる――」

そばを通りかかったオスカーは、とうとう自《みずか》らが人形兵士の整備に乗り出した。

すると、

「あのう……」

オスカーの背後で、女の子の声がした。振り返るとフェニモールだった。

「あたしにも何か、お手伝いできることがあればと思って……」

フェニモールは言いにくそうにオスカーに話した。オスカーはびっくりして立ち上がり、

「君に、人形兵士の構造が理解できるの？」

と、訊ねた。

「いえ……」

フェニモールは、自信なさそうに俯《うつむ》く。

「だったら、ここに居《い》ても邪魔《じゃま》もの扱いされるだけだよ」

オスカーはきっぱりと言った。

「ごめんなさい……」

フェニモールは俯いたまま、立ち去ろうとした。

「待て」

〈ささやきの水晶〉の前で念じていたワルターがその行為《こうい》を止めて、フェニモールを呼び止めた。彼は打ちのめされたように帰ろうとしたフェニモールの許に歩み寄ってくる。

「頼みがある」

「えっ……」

「ここにいる連中は皆……整備に追われて、ろくに休んでない。食べるものでも持ってきてやってくれると、助かる」

ワルターは、フェニモールに聞こえるかどうかの小さなつぶやきで頼んだ。

てっきり叱《しか》られると思っていたフェニモールは、意外そうな顔をして彼を見つめ返した。ワルターはちらりと、フェニモールに一瞥《いちべつ》をくれたあと、また〈ささやきの水晶〉の前に戻っていった。

オスカーが仕事の手を止めてワルターの背中を見やり、ひとり言のようにつぶやいた。

「あのワルターが、誰よりも休んでないいんだ」

「えっ？」

「本当はメルネスを救出するために、あの艦橋の塔に一番乗りで突入したいはずなのに。人形兵士の操作を任されたから、ああやって、文句も言わずに耐《た》えてて……」

「ワルターさんが……」

「うん」

「………」

フェニモールは、ワルターの気持ちがわかるような気がした。

任務のために、助けたい人を助けに行けない辛さ……。

でも、彼がこうして〈ささやきの水晶〉を操っているからこそ人形兵士は動き、戦場で活躍しているのだ。

その働きは、大いにみんなの役に立っている。

だからこそ、

「わかりました。精一杯に働きます」

私も、今の自分にやれることをやろう――フェニモールはそう決心した。


「何だって!? 謎の亜人類《あじんるい》種族の部隊が、敵の側面に出現?」

伝令の兵から報告を受けたとたん、ジェイは表情を曇《くも》らせた。

艦橋前平原で行われている決戦。そこに乱入者が現れたというのだ。

「丸っこい体に、フサフサの毛……それって、モフモフ族のことじゃないか?」

ジェイは自分で言いながら戦慄《せんりつ》した。

自分にとって、家族のような存在のモフモフ族。

――八年前、育ての親から〈遺跡船〉に置き去りにされたとき、たった独《ひと》りで心細かった当時八歳の自分を救ってくれた恩人たち。だからこそ、ジェイはモフモフ族をなるべく戦場から遠いところに避難《ひなん》させたというのに。

なぜ彼らは戻って来てしまったんだ――。

ジェイは慌てて、戦況を眺める首脳部たちの元へ駆け寄った。丘の上から、遠い場所で展開する合戦の模様に目をこらして、モフモフ族の姿を探す。

――いた！

ちょうどセネルたちが艦橋を目指そうとして戦っている位置の近くで、小さいラッコみたいな動物が、うろちょろしているのが見える。

「キュッポ！　ポッポ！」

ジェイは信じたくないという顔で、彼らの名を呼んだ。

すると、隣で見ていたカーチスが豪快に笑いだした。

「ふははは！　なんと愉快な光景だ！　敵兵がいいように翻弄《ほんろう》されているではないか。あの丸っこい連中、素晴《すば》らしいぞっ！　そうだな、イザベラ君？」

「はい」

「冗談《じょうだん》じゃない！」

イザベラの返事を遮るように、ジェイが怒鳴った。

「モフモフ族のみんな、闘っちゃダメだ！　危ないじゃないか！」

ジェイは丘の上から叫んだ。しかし、そこから遠く離れたモフモフ族に聞こえるわけもない。ジェイは舌打ちをして、同盟軍の指揮所から走り去った。

「ジェイ君！」

水の民のマウリッツが振り返って、呼び止めようとしたが、ジェイは立ち止まることなく丘を下って、戦場へと向かった。

「総司令、どうなさいます？」

イザベラが、カーチスに指示をあおいだ。

「構わずともよい。愛の暴走、大いに結構！　フハハハハ！」

カーチスは、総司令の立場となってもフェロモン・ボンバーズのときと変わらずアバウトで、愛のある行動に弱かった。


「――ちょっと、何やってんの？　あんたら」

ノーマが訊ねた。ちなみに、ヴァーツラフ軍と闘っているまっ最中である。

艦橋の塔の正門を塞ぐ兵の人垣を崩すため、セネルたちは同盟軍と一丸となって、その兵の壁を突破しようと闘っていた。そんな場所に、モフモフ族がやってきているのである。

彼らは直立したラッコのような姿で、帽子《ぼうし》を被《かぶ》ったり、法被《はっぴ》のような派手な色づかいの衣をまとったりしている。皆それぞれに、紐《ひも》で結んだ貝殻《かいがら》を首からぶら下げている。

「頑張ってるキュ！」

モフモフ族のキュッポがそう言って、地面に落ちている石を拾い、ヴァーツラフ軍の兵に向かって投げつける。ちなみにキュッポは、モフモフ三兄弟の長男である。

「キュ――――ッ！」

その末っ子のポッポも兄と一緒になって、同時に石を投げつけていた。石を喰《く》らったヴァーツラフ軍の兵はひるんで集中力が乱れる。その隙《すき》を狙って、セネルが拳を打ち込む。その兵はもんどり打って倒れた。

「いつのまにモフモフ族が、同盟軍に加わったんだ？」

目の前の敵を倒したクロエが、振り返って言った。

「こうしちゃおれんの！」

モーゼスは気合いを入れた。

「よし！　あと少しで、正面突破だ。もっと前に進むぞ！」

大きなハンマーを振り回して、敵を薙《な》ぎ払《はら》ったウィルが叫んだ。

セネルたちがウィルに続いて駆け出し、そのあとをモフモフ兄弟が追いかけようとしたときだった。

「行っちゃダメだ！」

駆け寄ってきたジェイが呼び止めた。

「ジェイ？」

「ジェージェー？」

「ジェー坊！」

セネルたちが驚いて振り返る。

「はあ、はあ……二人とも、怪我《けが》はないかい？」

駆け寄ってきたジェイは、モフモフ兄弟にすぐさま声をかけた。そして彼らが無事なのを確認すると、急にすごい形相《ぎょうそう》になった。

「どうしてモフモフのみんなが、こんなところにいるんだい！」

「――あんたもねっ！」

ノーマが、ひと言だけジェイに言って、迫りくる兵に再び戦いを挑んでいった。

モフモフ兄弟とジェイを守ろうと、セネルたちは輪になって敵を近づけさせない陣形を作っている。

そんな苦労をよそに、ジェイはモフモフ兄弟に怒《いか》りをぶつけた。

「避難しろって、あれほど言ったじゃないか！　どうして約束が守れないんだい？」

「……」

ジェイに叱られて、モフモフ兄弟はシュンとなった。

本気で心配されているのがわかるからこそ、キュッポもポッポも辛《つら》い。

だけど、きちんと話さないといけない。

キュッポは勇気を出して、ジェイに訴《うった》えた。

「ジェイ！　みんなが闘っているのに、キュッポたちだけ隠れているのは嫌だキュ！」

「ポッポも、いっしょに行くキュ！」

末っ子のポッポも、続いた。

「命だって惜しくないキュ！　ジェイも一緒に頑張るキュ！」

そう言って、キュッポとポッポは踊《おど》りながら歌いだした。

「ジェーイ、ジェーイ……♪」

「ふざけるなっ！」

「キュ――ッ!?」

ジェイの一喝で、モフモフ兄弟がビクッとなった。

「命が惜しくないなんて、冗談でも口にするな！　ぼくがそう言うのは大嫌いだって、キュッポたちは知ってるはずだろ？」

「ごめんなさいだキュ……」

ジェイに対して、キュッポは頭を下げた。

「ぼくと一緒に、ここを離脱しよう。いいね？」

強く念を押した。そして周りで闘っているセネルたちのほうを向いた。

「キュッポたちが助かったのは、皆さんのおかげです。ありがとうございました」

「あ、ああ」

目の前の兵と闘っている最中のウィルは、そう返事するのがやっとだった。

「ぼくたちは戦場を離れますが、どうかこの先も……」

「ジェイ！」

いきなりキュッポが叫んだ。

「キュッポ、やっぱりセネルさんたちと、一緒に行きたいキュ！」

「キュ！」

ポッポも同意見と、頷いた。

「——どうして、そんなわがまま言うんだよ!?」

とうとうジェイの怒りが爆発しそうになった。

だけど、キュッポの声は落ちついていた。

「わがままじゃないキュ」

「だったら！」

泣きそうになったジェイに、キュッポは神妙な顔をして言った。

「〈遺跡船〉は、キュッポたちの家だキュ！」

ポッポも頷き、続ける。

「みんなの〈遺跡船〉だからこそ、みんなの力で守りたいんだキュ！」

「あ……」

言われて、ジェイが固まってしまう。

「ははーん、こりゃジェージジェーの負けだね」

目の前の敵を倒したノーマが言う。とりあえずしばらくは敵が接近して来ないのを確認して、彼女はジェイの許に近づいてきた。モーゼスもひと仕事終えたような顔で寄ってきた。

「ほうじゃの。二人のほうが道理をようわかっちょる！」

「………」

今度ばかりは、ジェイもモーゼスに言い返す言葉がなかった。

「ジェイ……」

ヴァーツラフの兵を倒したウィルも歩み寄ってきた。

闘いながらもジェイとモフモフ兄弟の会話はしっかり聞いていたらしい。諭《さと》すような表情で、ジェイに言った。

「お前が、モフモフ族を大切にしたい気持ちはよくわかる。だがな……彼らの〈遺跡船〉に対する思いも、それと同じくらいに強いのだ」

「……」

ジェイは、俯いたままウィルの話を聞いている。

「たとえ強引《ごういん》に止めようとしても、止められるものではあるまい。お前だからこそわかるはずだ」

「……ぼくは、闘いの場において私情に走りすぎているんでしょうか？」

ジェイが、ぽつりと言った。

その話に隣のノーマは、うんうんと同意して頷く。

「ぼくの思いよりも、モフモフ族の思いを優先しろってことですか？」

今度は怒りをにじませたような表情で、ウィルに訊ねた。

「そうだ。本人が自分の意志で決めたのだからな」

「……」

沈黙していると、キュッポとポッポが懇願《こんがん》するように大きな声で呼んだ。

「――ジェイ、お願いだキュ！」

ジェイはしばし考え込んだあと、あらためてウィルに言った。

「やっぱり、モフモフ族の戦闘参加を認めるわけにはいきません」

作戦参謀としての、事務的な口調《くちょう》だった。

「ジェイ！」

「何もそこまで頑《かたく》なにならなくても！」

戦い終えたセネルとクロエも、ジェイをたしなめようと口を開いたときだ。

ジェイは片手で二人を止めた。

「だから代わりに、ぼくが皆さんと一緒に戦います」

「えっ？」

セネルとクロエが、勢いを削《そ》がれた。

ジェイは、キュッポとポッポを見ながら決断を下した。

「モフモフ族のみんなには、後方支援《しえん》を担当してもらいます。そのほうが戦術的効果も高いですからね」

「ジェイ……」

ウィルはジェイの変化を察して、驚いた。

当のジェイは、キュッポとポッポに優しく語りかける。

「ふたりとも、それでいいね？」

「わかったキュ！」

「さっそくみんなに、伝えるキュ！」

キュッポとポッポは喜んで、その場を駆けだしていった。だが途中で立ち止まり、振り返ってセネルたちに伝える。

「皆さん、ジェイのことを頼むキュ！」

「シャーリィさんを助けられるよう、キュッポたちも、精一杯協力するキュ！」

「ありがとう！」

セネルが、珍《めずら》しく礼を言った。

キュッポたちが立ち去ると、ジェイはあらためてセネルたちに向き直った。

「そういうわけで、不本意ではありますが、よろしくお願いします」

「あ、ああ……」

ウィルは、意外な展開に戸惑いつつも承諾《しょうだく》した。

「ケッ、ワイは認めんぞ」

モーゼスはひとり悪たれる。隣で聞いていたノーマは「それってヤバイよ」と、小さな声で忠告した。だが、モーゼスは「何がじゃ？」と、大声で訊ね返した。

その瞬間、

「ゴフッ！」

モーゼスの頭に、ウィルのゲンコツが落ちた。

「この大事なときに、仲間割れだけは許さんからな！」

先生のような口調で、ウィルが言った。

そのときだった。

「――うぐっ！」

急に、そのウィルが打撃《だげき》を受けて吹っ飛ばされた。

「ウィル！」

不意を突かれたセネルたちが、どきりとする。高速移動で駆け込んできた女がいた。

そいつはウィルを不意打ちしたあと、セネルたちと対峙《たいじ》した。

「クルザンド王統国独立師団、トリプルカイツ――閃紅のメラニィ！」

爪術士の女が名乗った。

黒い鎧に身を包み、頭に二本の角が突き出た兜《かぶと》をかぶっている。そのメラニィと名乗った女爪術士の隣に、新たな男の爪術士が現れる。

「同じくトリプルカイツ――幽幻のカッシェル！」

黒の鎧をまとい、顎《あご》をマスクで覆《おお》った、目だけが怪《あや》しくぎらつく不気味《ぶきみ》な男だった。

続いてセネルたちの前には、体格のいい男が現れた。そいつも黒い鎧で全身を覆い、さらに黒豹《くろひょう》のような貌《かお》をした仮面で顔を隠していた。

「そしてトリプルカイツ――烈斬のスティングル！」

ヴァーツラフ直属の精鋭、トリプルカイツがそろって前線に投入されたのだ。

彼らを倒さねば、艦橋の正門が突破できない。

「ワイら！　よくも子分どもを――」

モーゼスは、トリプルカイツの登場に恨《うら》みが爆発寸前になった。

この連中の姿は忘れもしない。モーゼスがシャーリィを誘拐《ゆうかい》したとき、山賊《さんぞく》のアジトを取り囲んだヴァーツラフ軍を指揮していた連中だ。そいつらは容赦《ようしゃ》なく、モーゼスの部下たちを殺していた。

「仇《かたき》じゃ……ワイは、みんなの仇をうったるんじゃ！」

モーゼスが我を忘れそうなほど興奮した。

「私もだ！」

颯爽《さっそう》とモーゼスの隣に出てきたのは、クロエだった。表情をこわばらせ、剣を持つ手が震えている。

「そこの仮面の男！　私は、お前に見覚えがある」

クロエは、トリプルカイツのひとり——スティングルを見据《みす》えて言い放った。

その仮面の剣士が、クロエの前に歩み出てくる。

「さすがに覚えていたか」

「何？　するとやはり！」

「大きくなったな、娘……あのときの面影《おもかげ》が残っているぞ」

仮面のスティングルが、懐《なつ》かしそうな声でクロエに言った。

その瞬間、彼女の思いが弾ける。

「許さない！　私の家族を！　ヴァレンス家を——よくも！」

クロエも自分を見失ったかのように、震えた声で剣を振りあげる。

「ク、クロエ……」

セネルは彼女の動揺した様子に、息を呑んだ。

——五年前、彼女と彼女の両親を乗せた馬車が、ひとりの男によって襲撃《しゅうげき》された。

生き残ったのは、当時十二歳のクロエだけ。彼女の両親を殺した男は、仮面で顔を隠し、腕に蛇《へび》の刺青《いれずみ》をした男。しかも剣の腕がさえる大男だったという。それがトリプルカイツのひとりだったというのか。

「娘よ。剣を構えるならば、容赦はしないぞ？」

クロエに対して、スティングルが剣を抜き放つ。

「我が覚悟——我が剣にて知れ！」

「よかろう」

スティングルが答える。

一触即発《いっしょくそくはつ》の空気が高まった。

「クロエ、モーゼス！　陣形を乱すな！」

ダメージを受けて起き上がれないウィルに代わって、セネルが叫ぶ。

——クロエとモーゼスの足が止まった。

「フゥッ……」

剣を構えながら、クロエは大きく息をついた。

「教えてくれ、クーリッジ……私は、なぜ、ここにいる!?」

スティングルに意識を集中させながら、クロエが静かに訊ねた。

「……祖国の危機を救うためだろ？」

セネルが後ろから答える。

「うん……そうだな」

クロエはまた大きく息を吐き、納得《なっとく》した表情になった。

「ワイも大丈夫じゃ。怒りで沸騰《ふっとう》しそうなんは確かじゃが、闇雲《やみくも》に吠《ほ》えても仕方《しかた》ないんじゃ——確実にこいつを仕留《しと》めるにゃどうするか、そいつを考えんとのう！」

隣のモーゼスも続く。

二人は、トリプルカイツの前から身を左右に引いた。そのあと、後ろからセネルが前に出てくる。

「今の俺たちは、以前とは違う！」

セネルが先頭に立ち、トリプルカイツと対峙する。その両脇は、クロエとモーゼスが固める。

「ようし！　みんな、気合い入れていこ〜〜〜」

後ろの位置でノーマが、援護《えんご》のブレスを唱えだす。

「さて、時間もないことですし、さっさと終わりにしましょうか——」

ジェイもノーマの隣に立ち、爪術を放つ構えをする。

「面白《おもしろ》い。お前たちがどれほど強くなったか——勝負してあげるよ」

トリプルカイツのメラニィが、怪しく微笑んだ。

「行くぞ！」

セネルの掛け声とともに全員で呼吸を合わせ、トリプルカイツに挑んでいった。


――どれだけの時間が、過ぎたのだろうか。

目まぐるしく動いた、セネルたちとトリプルカイツ。爪術と爪術が激しくぶつかり、それは周りの同盟軍もヴァーツラフ軍の兵士も、近寄れないほどの凄《すさ》まじさだった。

そして闘いは、長期戦と化していた。

トリプルカイツの攻撃に対し、セネルたちは必死で持《も》ち堪《こた》えたのだ。

「いかん――このままでは時間ばかりが過ぎていく！」

闘いに復帰したウィルは、決着をみない状況に焦《あせ》った。

セネルたちは、約束どおり勝手な行動は慎み、陣形を乱さずに戦っている。このために、攻守ともに釣《つ》り合《あ》いの取れた理想的な戦法を展開できている。

だが、今の自分たちには、時間をかけて闘っている暇などはない。一刻も早く艦橋の塔の最上階に向かわねばならないのだ。

「仕方がない、みんな――セネルだけでも先に行かせるんだ！」

ウィルは戦闘中のわずかな隙を突いて、皆に言った。

全員が、短い声で返事する。

「頼むぞ、クーリッジ！〈滄我砲〉を止めてくれ！」

「わかった――」

セネルはクロエに頷いて、戦線から離脱しようとした。

自分たちの最終目標はトリプルカイツを倒すことではない。

〈滄我砲〉の発射を阻止することだ――セネルは自分にそう言い聞かせたが、やはり仲間を置いていくことが気がかりであった。その思いが、セネルにわずかな油断を呼んだ。

「おっと！　お前だけ行かせない――斬首円刃《ザンシユエンジン》！」

幽幻のカッシェルが、握《にぎ》りのついた鋭い刃《やいば》を飛び道具のように投げつけた。

「セの字っ！」

モーゼスが飛び出した。

――ブシャッ！

「ぐああああああああああ――っ！」

セネルを庇ったモーゼスの背中に、カッシェルの放った刃が突き刺さった。

「モーゼス！」

ウィルたちが凍りついた。

セネルは、自分を守ってくれたモーゼスを驚いて見つめる。

「……モ、モーゼス？」

「フッ、セの字……はよ、行かんかい………うぐっ！」

「モーゼス！」

セネルは、自分の目の前でくずおれるモーゼスを抱え起こそうとした。

「何をしている、セネル！　早く行け！」

ウィルが一喝した。

「オレたちのことに構うな！」

それは覚悟した表情だった。見ると、その脇にいるクロエ、ノーマ、ジェイたちも、セネルに対して「行け！」という表情をしている。

しかし、セネルはすぐに動けなかった。

仲間を置いて行けなかった。

そんな迷いをトリプルカイツが挑発する。

「お前たちに勝利はない！」

スティングルが極太の剣をかざす。

「ククク ッ——迷うがいい、惑《まど》うがいい！　恐怖に震《ふる》えて死ぬがいい！」

カッシェルは不気味に笑いだす。

「誰も艦橋の塔には近づけさせない！　あたしたちがここにいる限りね——」

メラニィが新たな爪術を詠唱《えいしょう》し始める。

トリプルカイツは、ウィルたちに対する攻撃の勢いを強めた。

その場に立ち尽くしたセネルの心が揺れる。

戦場は、まさに混沌としていった。

TALES OF LEGENDIA

第五章
メルネスの伝承

1

〈遺跡船《いせきせん》〉は支障《ししょう》もなく、聖《せい》ガドリア王国をめざして進航《しんこう》していた。

今まで何も見えなかった進行方向の海原には、とうとう陸地が見えてきた。陸地の上には、きれいな三角形を描く山がある。空割山《くうかつざん》と呼ばれる王国の最高峰《さいこうほう》だった。その山の麓《ふもと》には、王都バルトガがあるという。

人形兵士の待機《たいき》場所で彼らを遠隔操作《えんかくそうさ》していたワルターは、その三角形を描く最高峰が、空の彼方《かなた》にうっすらと見えてきたのに驚《おどろ》いた。気がつくと、風も弱まってきている。

〈遺跡船〉が速度を緩《ゆる》めてきているのだ。

——これは、〈滄我砲《そうがほう》〉が撃《う》たれるのも間近だ。

ワルターは人形兵士の遠隔操作を打ち切って、〈遺跡船〉の艦橋《かんきょう》となる塔《とう》を見上げた。

あいつは何をしている——。

心の中で、セネルのことを苦々しく思い浮かべた。別に奴《やつ》に、メルネス奪還《だっかん》の栄誉《えいよ》を譲《ゆず》ったわけではないが、結果として自分は艦橋への突入部隊から外されてしまっている。

人形兵士を操《あやつ》れる能力を評価されたからだ。ワルターは黙《だま》って従ったが、しかし、ものすごい不満が、胸の中で渦巻《うずま》いていた。ここにきて、それが爆発しそうだった。何のために、自分は任務に服したのか。ワルターの中で、その疑問が大きく膨《ふく》れ上《あ》がってくる。それればかりか、不安さえ感じてきている。

もし、このまま〈滄我砲〉が撃たれれば、メルネスの命が潰《つい》える！

それが許されていいのか。

塔を睨《にら》みあげ、唇《くちびる》を噛《か》みしめていると——オスカーが隣《となり》に寄ってきた。

「行きたいんだね？　ワルター」

「？」

ワルターは、幼なじみの表情を見た。引き止めるような顔ではなかった。

「行って来なよ、ワルター」

「…………」

「もう任務だとか、そんなことを言っている場合じゃないよ。ここはぼくが引き受けるから！」

「オスカー……」

幼なじみの真剣《しんけん》な訴《うった》えに、心が揺《ゆ》らいだ。彼も危機的状況《ききてき》を察しているらしい。

水の民の悲願《ひがん》を前に、たとえ命令に逆らうことになっても、正しいと思う行動をしようという彼の決意がうかがえた。

「ワルターには、後悔《こうかい》して欲しくないんだ。行きなよ」

そう言ってオスカーは、背中を押してきた。周《まわ》りを見ると、人形兵士の整備を続けている同胞《どうほう》たちもこちらを見て、頷《うなず》いている。

彼らもわかっているのだ。今ここで任務を優先していると、取り返しのつかないことになるかもしれないと。

取り返しのつかないこと――それは、水の民がメルネスを失うことだ。

そうなってはならない。ワルターだけでなく、その場にいた水の民の総意《そうい》でもあった。

「あとを頼む」

ワルターは覚悟《かくご》を決めて、オスカーに言った。

まだあどけなさを残した童顔《どうがん》のオスカーは、唇を真一文字に結んで、しっかりと頷き返した。ワルターも頷き返す。そして背中から、黒い翼《つばさ》を広げた。

めざすは艦橋の塔の最上階――。

もはやメルネス奪回《だっかい》を、陸の民などに任せておけない。

メルネスを死なせてはならない。

その一心で、ワルターは地を蹴《け》って空に舞い上がった。

艦橋の最上階からの眺《なが》めは、三角形を描く最高峰の空割山が、しっかりと視界に捉《とら》えられていた。

いよいよ、くるべきときがきた――フロアの中央に立つヴァーツラフは、歴史的瞬間をこの目で確かめられるという興奮《こうふん》に酔《よ》いしれていた。

「〈遺跡船〉、停止します」

部下の声がフロアに響き渡る。彼らは各装置に向かい、〈遺跡船〉の全体の運行をもれなく確認していた。

〈元創《げんそう》王国〉時代の遺産《いさん》は今の時代の技術者にとって驚嘆《きょうたん》すべきものだった。当初は稼《か》働《どう》状況を眺めているだけで精一杯であったが、今ではだいぶ慣《な》れたものである。

「エネルギー充塡《じゅうてん》、完了！」

「〈滄我砲〉、発射準備すべて完了しました！」

ヴァーツラフはそれを聞いて、発射の号令をかけようとした。

そのときだった。

最上階の出入り口となる大きな扉《とびら》が、左右に開いた。

「？」

ヴァーツラフは、開いた扉からフロアに侵入《しんにゅう》してきた少年に注目した。全身が血だらけで、頭の銀髪もかなり乱れていた。足を引きずりながら、荒い息づかいをして、こちらに向かってくる。

「ヴ、ヴァーツラフ……やめろ……」

ヨロヨロと歩みながら、かすれていてもいまだ強い覇気《はき》の籠《こ》もった声を絞《しぼ》り出《だ》した。

セネルである。

ヴァーツラフは、その死にかけたようなセネルの姿に思わず吹き出しそうになった。

「貴様《きさま》、トリプルカイツが守る塔の最上階まで、よくぞ――」

そこまで言った瞬間、はっとした。

――どういうことなのだ？

なぜ奴だけが、ここにいる？

「まさか貴様、トリプルカイツを……」

嫌な予感が頭をよぎり、憎悪《ぞうお》を剝《む》き出《だ》しにする。

「仲間はどうした！　生き残ったのは貴様だけか！」

「みんな、俺《おれ》を先に行かせるために闘《たたか》ってくれてる……盾《たて》になってくれたんだ！」

「フン、くだらん――命まで捨てて、貴様を？」

ヴァーツラフは怒気《どき》を帯《お》びた顔つきに変わっていた。

セネルは遠のく意識を繋ぎ止めながら、ヴァーツラフに向かって歩みを進めた。やがて足を止め、脇に視線を向けた。その視線の先には、二つの装置にそれぞれ拘束《こうそく》され、光る結界《けっかい》の中に閉じ込められたステラとシャーリィの姿があった。

「ス、ステラ……シャーリィ……」

セネルが弱々しい声でつぶやく。

ヴァーツラフは怒りとともに駆け寄り、意識が朦朧《もうろう》としているセネルに膝蹴《ひざげ》りを見舞《みま》った。

「うぐっ！」

あっけなく、床にくずおれた。

「瀕死《ひんし》の状態で、よくぞここまでたどり着いたが――満足に戦える力も残ってないではないか？」

「うっ、ううっ……や、やめろ……〈滄我砲〉を……撃つな……」

うずくまったセネルは顔だけをあげて、いまだ意志の折れない瞳でヴァーツラフを睨んだ。

「哀れなやつめ。貴様も、人生最後の光景として目に焼きつけておくがいい！」

見下ろして言ったヴァーツラフは、向き直って部下に命じた。

「〈滄我砲〉を、今すぐ発射しろ！」

「はっ！」

部下の返事が響く。たちまちフロア全体に振動《しんどう》が湧《わ》き起《お》こり、ステラとシャーリィを覆《おお》う結界の光がまぶしく輝いた。

「や、やめろ……やめろ……やめろおおおおおおおーっ！」

セネルが渾身《こんしん》の力で叫んだ瞬間、フロア全体が真っ白い光で満たされた。


——それは、神の裁《さば》きかと見まがうばかりの強烈な光だった。

水の民の命を削《けず》って放たれる〈滄我砲〉は、内海にそびえ立った三本の巨大な柱の上空に強烈な光の一塊《いっかい》を出現させていた。雲を突き抜けるような柱の中央で、光の集束《しゅうそく》が一塊をさらに強大なものへと形づくった。やがてそれは一筋の光芒《こうぼう》として飛び出す。

雲を突き破り、空を鋭く斬《き》り裂《さ》くような勢《いきお》いで直進した〈滄我砲〉の光芒は、〈遺跡船〉の前方に存在する陸地の真上へと瞬く間に到達した。

王都バルトガに住む人々は、耳をつんざくような轟音《ごうおん》と光芒が飛来した突然の現象に息を呑《の》み、空を仰《あお》いだまま凍りついた。

そして光芒は王都上空を通過し、その奥に鎮座《ちんざ》する最高峰の空割山に命中——山腹を貫《つらぬ》き、風穴を開けた。

空割山は巨大なエネルギーを呑み込んだせいで膨張《ぼうちょう》し、たまらず破裂《はれつ》した。砕《くだ》け散《ち》った岩盤《がんばん》は炎をまとい、王都バルトガに落下していった。街は混乱し、多くの人々の悲鳴がこだました。


艦橋からその模様《もよう》を眺めていたヴァーツラフは、失望と怒りの表情を浮かべた。

「山に当たるとは、狙《ねら》いが狂っているではないか！」

その怒声《どせい》に、部下たちは恐怖した。

〈遺跡船〉の運行状態を確認する作業に馴《な》れてきたとは言っても、完全に掌握《しょうあく》し、制御《せいぎょ》するまでには至らなかったのである。よって、少しの誤差《ごさ》が王都バルトガへの命中を妨《さまた》げてしまった。

装置の卓に向かう部下たちは焦った。ヴァーツラフ将軍を怒らせたままでは、どんな処罰《しょばつ》を受けるか分からない。彼らは、必死に対応策を検討《けんとう》した。するとそのとき、ひとりの部下が叫んだ。

「生体反応！　まだその二人は生きています！」

結界の中に閉じ込められたステラとシャーリィのことだった。ヴァーツラフはそれを聞いて、にやりとする。

「ほう……では、まだ〈滄我砲〉は撃てるのだな？」

「はい。少しの時間で、発射準備態勢を整えられると思います！」

「よし、〈滄我砲〉第二波発射準備！」

ヴァーツラフの声が響くと、部下たちは慌《あわ》ただしく動きだした。

その時である。

「待て……」

振り返ると、セネルがボロボロの体でありながら立ち上がっていた。

服のあちこちが裂け、血で染まっているのにも拘《かかわ》らず、セネルの目つきだけがまだ闘う意志をのぞかせていた。

セネルが、よろめきながらも前に進んでくる。その視線はしっかりと、ヴァーツラフを捉《とら》えていた。

「死にぞこないめ。あの世に送ってやる！」

ヴァーツラフは歩みだし、自分からセネルに攻撃《こうげき》を仕掛けていった。

「魔王拳《マオウケン》！」

床を砕きながら、衝撃波《しょうげきは》がセネルに迫《せま》る。

「……………」

セネルはとっさにかわそうとしてよろけ、まともにヴァーツラフのくり出した衝撃波を身に受けた。

「うわあっ！」

ボロボロになった体が宙を舞い、床に叩《たた》きつけられる。

再び意識が朦朧とした。

……ステラ……シャーリィ……すまない……。

目を閉じると、意識がかすんだ。闇《やみ》に落ちた中に、ヴァーツラフが近づいてくる足音が響いた。ついにとどめを刺される。あきらめの境地《きょうち》に達したときだった。

ヴァーツラフを何者かが、襲《おそ》ったらしい。

「ぐおおっ！」

弾《はじ》き飛《と》ばされ、床に転倒する音が響いた。セネルは、薄く目を開けて状況を確認した。

その男は髪《かみ》を黄金に輝かせ、白いローブをまとっていた。

ワルターが、セネルの前に立っていたのだ。彼は翼の生えた黒い怪物を爪術《そうじゅつ》によって具現化し、ヴァーツラフに差し向けていた。

「お前は、どこまでメルネスを苦しめたら気が済むんだ？」

ワルターは、セネルを見下ろして冷たく言った。

「………」

返す言葉もなかった。やがてワルターは、セネルの脇を通り過ぎる。

「メルネスを返してもらおう」

ヴァーツラフに向かって要求した。

「フッ……助けたければ、力ずくで奪《うば》い取《と》るがいい」

「よかろう。このガストが――今から貴様の相手をする！」

ワルターはそう言って、幻影《げんえい》ガストに命じた。翼の生《は》えた黒い怪物はヴァーツラフの周りを舞いながら、その鋭《するど》い爪を突き出していく。

「こざかしいやつめ！」

ヴァーツラフは回し蹴りを見舞った。ガストという黒い怪物は、弾き飛ばされた。

しかしワルターがそこを狙って、サンダーブレードをくり出す――雷が刃《やいば》となって、ヴァーツラフを襲った。

「ぐおおおおっ！」

まともに喰《く》らったらしい。

さらにワルターは翼を出して飛翔《ひしょう》し、後ろに回り込んで空中から、殺戮《さつりく》の翼――テルクェスを飛び道具として放つ。

「ふぐっ！」

背中から受けて、ヴァーツラフがつんのめる。

「でりゃあああっ！」

着地したワルターが、間髪《かんはつ》を入れずに飛びかかった。


「うっ、ううっ……」

セネルは、現実か夢かの判断がつかない境界を行きつ戻りつしていた。

自分は死んだのか、生きているのか。

それすらもわからない。

意識はまるでぼやけたままで、力も出てこない。

ステラとシャーリィを助ける意志は挫《くじ》けたのか。今や常闇《とこやみ》の底に向かいつつある自分を感じて、セネルは叫び出したい心境だった。

そんなときである。

……セ……セネ……ル……。

かすかに誰かの声がした。

闇の中で、呼びかけている。それもかなり近くにいる。セネルの意識に接近してきている。手を伸ばせば届きそうな、傍《そば》に寄ってきている。そして闇の中で光り輝いている。

――ステラ。

セネルはその見覚えのある光に、おそるおそる呼びかけてみた。

するとその光もまたたいて、こちらに応《こた》えてくれた。そして今度は彼女の声がはっきりと聞こえた。

……それでいいの、セネル？

あなたは死んでも……この結果を受け入れられる？

突きつけられたその問いかけに、セネルの意識は歪《ゆが》みそうなほどに、ぐちゃぐちゃに乱れた。

敗北を認めて楽になりたい誘惑《ゆうわく》と、認めたくない怒り。

自我《じが》は真っ二つに割れて、葛藤《かっとう》していた。やがてそれは、ひとつのまっさらな感情となって、闇の海面に顔を出してくる。


——いやだ！　負けたまま死ぬのなんて、そんなの認められるか！

俺はステラに誓《ちか》ったことさえ、守れていない！

そんな状態でこの命が終わるのか？

いやだ、死んでも死にきれない。

そんなの、そんなの——自分に負けたままじゃないか！

セネルの意志は、まるで子供のように叫んだ。

必死になって彼女に訴《うった》え、そして自我を取り戻そうとするかのように——。

——許せない！　俺は自分が許せない！

俺は、まだまだ戦えるはずだ。まだまだやれるはずだ！

起きろ、バカ野郎！

呑気《のんき》に寝ている場合か——。


闇の底からの猛《たけ》りは、肉体の覚醒《かくせい》へとつながった。

ゆっくりと、セネルの双眸《そうぼう》が見開かれた。

驚いたことに蘇生《そせい》は事実のようだった。むくっと起き上がると、全身の傷口が塞《ふさ》がれ、みるみる痛みが消え去っていく。

（……こ、これは……っ！）

セネルは回復《かいふく》の爪術を幾度《いくど》も浴《あ》びたような、驚異的《きょういてき》な力のみなぎりを感じた。

そしてセネルは立ち上がる。そのとき、全身の変化にさらに驚いた。

淡《あわ》い光に包まれていたのだ。

間違いない——どこかで、見えない場所から自分を見守ってくれている人がいるのだ。

もうそれは何の疑いようもない、確信しなければいけないことだった。

（ステラ……）

セネルは目を閉じて感謝した。

俺は、ステラと共に歩んでいる……。

たとえ見えなくても、彼女の意思は光となって、俺の側《そば》にいる。そして彼女が俺に、奇跡を運んできてくれている。こうして再びヴァーツラフに挑《いど》めるチャンスを、与えてくれている――。

やがて全身を覆っていた光の幕《まく》が解《と》かれ、セネルは自由に動けるようになった。治癒《ちゆ》の施《ほどこ》しが終わったのである。

セネルは、前方を見据《みす》えた。

最上階のフロアの現実が、セネルの視界にくっきりと戻ってきていた。

少し離れた場所では、ヴァーツラフに首を摑《つか》まれたワルターがそのまま宙に持ちあげられて苦しんでいる。爪先《つまさき》が床から離れ、彼の絶体絶命《ぜったいぜつめい》の姿が目に飛び込んでくる。

その刹那《せつな》、

「ワルターっ！」

セネルは床を蹴って、突進した。

「迫撃掌《ハクゲキショウ》！」

ヴァーツラフめがけて、拳《こぶし》を力強く繰《く》り出《だ》した。ヴァーツラフの紅《あか》と黒の鎧《よろい》のみぞおちに叩きこんだ。

「ぐおっ！」

目を剥いて、ヴァーツラフがよろける。その拍子《ひょうし》に摑み上げていたワルターの首から手を放した。そしてその二人が、床に派手《はで》に転倒した。

「大丈夫《だいじょうぶ》か、ワルターっ！」

セネルは、すぐさま床に落ちたワルターの許《もと》に駆け寄る。

黄金の前髪から、驚いた瞳がこちらを見上げる。あれだけの重傷を――どうして立ち直ったのだと言いたげな視線だ。

「ワルター、頼みがある！」

「……何？」

「お前の力が必要だ――俺と一緒に闘《たたか》ってくれ！」

「――」

なんということだ。セネルが、自分に協力を求めてきたのだ。ワルターは思わず耳を疑ったが、

「お前と俺なら、きっと勝てる！　あのヴァーツラフに！　力を貸してくれ――」

そう言ってセネルは、敵に向かう。

体勢を立て直したヴァーツラフが突進してきたのだ。

「喰らえ！　覇王爆砕撃《ハオウバクサイゲキ》！」

「くそっ、獅子戦吼《シシセンコウ》！」

セネルも大技で迎《むか》え撃《う》つ。

両者の間で閃光《せんこう》が炸裂《さくれつ》し、力と力が激しくぶつかる。

ワルターは立ち上がった。考えるより先に爪術を使っていた。それはセネルを援護《えんご》する行為《こうい》だった。

「インデグネイション！」

ヴァーツラフの頭上に、雷を落とした。セネルの前から引き離した。

「今だ！」

驚いたことに、ワルターはセネルに指示を飛ばしていた。

「——わかった！」

なんと、セネルは呼吸を合わせるように構え直した。

「輪舞旋風《ロンドセンプウ》っ！」

構えたと同時に回し蹴りをヴァーツラフに浴《あ》びせ、そして再びワルターの許に駆け寄ってきた。

「ワルター、一緒にやろう！　技を同時に出すんだ！」

「――――」

断っている暇《ひま》などなかった。敵の総大将を倒す勝機は、今しかないのだ。

「滄翼天翔《ソウヨクテンシヨウ》！」

「魔神幻竜拳《マジンゲンリユウケン》！」

ワルターとセネルは、同時に爪術を放った。

「ぐあああああああっ！」

明らかに、ヴァーツラフは大きなダメージを受けた。反撃《はんげき》の隙《すき》すら与えられず、吹っ飛ばされ、床にその巨体を打ちつけた。

「迫撃剛招来《ハクゲキゴウシヨウライ》！」

「アクアレイザーっ！」

セネルとワルターは、尚《なお》も爪術を連発する。

――バキッ！

ついにヴァーツラフの胸を覆っていた、紅と黒の重厚《じゆうこう》な鎧が砕かれた。

「うっ、うぐぐっ……な、なぜだ……水の民と陸の民が、なぜ共に戦う……悪夢だ、こんな愚《おろ》かしいことが……ううっ……」

立ち上がろうとしたヴァーツラフであったが、その野望への執念《しゅうねん》は潰えてしまった。すでに肉体は限界を越えており、彼は自分の中に渦巻く疑問を口にするのがやっとだった。

「ふっ、ふはは……そうか……我が腹心のトリプルカイツも、それに負けたのか……貴様らの、無法《むほう》な……義《ぎ》とやらに……」

納得したかのように、にやりと笑った。

「無念《むねん》だ……」

そのつぶやきのあと、ヴァーツラフはくずおれた。ドサッと、床にうつ伏せたまま動かなくなった。

セネルたちは、強大な敵を、倒したのだった――。

荒い息をつくセネルは、安堵《あんど》したかのように隣に立つワルターに向き直った。

「やったな、ワルター」

「……」

ワルターは、その笑顔を不思議《ふしぎ》なものでも見るかのように見つめ返した。こいつは気が変になったのではないかと思った。しかし、セネルはどうにも本気のようだった。

「ありがとう、ワルターが来てくれたおかげだ――」

そう言ってセネルは、握手《あくしゅ》を求めて手を差し出してくる。

「…………」

ワルターは応じなかった。

「……そうか、いきなりだったな。すまない。まだ終わっちゃいないんだ。早くステラとシャーリィを助け出さないとな——行こう！」

セネルは独り言のように明るく言って、結界に閉じ込められたシャーリィたちの許に駆けだす。

「…………」

ワルターは、それを冷たい視線で見送った。

2

まずセネルは、装置のそばにいたヴァーツラフの部下を脅《おど》し、彼女たち姉妹を覆っていた結界の光を解除《かいじょ》させた。そして二人の拘束《こうそく》を外した。

「ステラ、シャーリィ……」

セネルは意識を失ったままの二人を見つめる。ヴァーツラフの部下たちがフロアから逃走していく中、ワルターと共に姉妹の救出に取りかかった。

シャーリィはワルターが抱きあげ、セネルはステラを抱きあげて装置の外に出した。

「ごめんな、助けにくるのが遅くて……」

セネルたちは膝《ひざ》をついて二人の身体《からだ》を床の上にそっと下ろし、それぞれに抱えながら介抱《かいほう》した。

「ステラ、ありがとう……俺のために……」

眠り続けるステラの顔を胸に抱きしめ、セネルは彼女に詫《わ》びた。

三年前のあのとき——ヴァーツラフの軍勢が水の民の村を襲撃《しゅうげき》した日から、ステラは囚《とら》われの生活を続けてきた。

そして今も眠りつづけている。

「どうして、お前がこんな目に……」

セネルは申し訳なかった。どうすれば、ステラを再び元に戻せるのか、誰かに救いを求めたかった。

「なあ、目を開けてくれよ……ステラ、お願いだ……また俺に、笑顔を見せてくれよ。頼むよ……」

セネルはつぶやきながら訴えたが、瞼《まぶた》を閉じたステラには反応がまるでなかった。

すると、

「お兄ちゃん……」

背後で、シャーリィの声がした。振り返ると、ワルターに介抱されていたシャーリィが目を覚ましたところだった。彼女はワルターの元から離れて立ち上がると、セネルのほうに少しふらつきながらも歩み寄ってきた。

「お、お兄ちゃん……」

弱々しい声だが、うっすらと微笑《ほほえ》みを浮かべている。やっと訪《おとず》れた再会なのだ。

「シャーリィ……」

セネルは、ふらついて倒れそうなシャーリィを支えようと、彼女に手を差し出した。

そのときである。

いきなり脇から、誰かの手が伸びてきて、セネルの胸ぐらを摑んだ。そして膝の上に抱えていたステラから引き離すように、ものすごい勢いで後ろに投げ飛ばした。

「うわあっ！」

セネルは装置の壁《かべ》に、後頭部を打ちつけた。その痛みに顔が歪《ゆが》み、片目を開けて見るのが精一杯だった。

「うぐっ……だ、誰だ……」

セネルはその片目で、自分を振り払った相手を確認した。見えるのは横たわるステラと、驚いた表情で佇《たたず》むシャーリィの前に、ワルターが立っている光景だった。

ほかには誰もいない。セネルを不意打ちしたのは、誰なのかそれで明白だった。

「ワ、ワルター……お前が？　どうして……」

信じたくない現実に直面して、思わず訊《たず》ねていた。

だが、セネルに向けられているワルターの視線は冷たく、けわしいものだった。

「メルネスに近づくな」

彼はそう要求した。敵意を剥き出しにしていた。ワルターはここにきて初めて、セネルに心情をみせたのだった。

「ち、近づくなって、どういうことだ？」

問い返すと、

「俺の口から言わせるのか？」

ワルターは怒気を含んだ声を響かせ、セネルに向かってきた。

彼の後ろに立っていたシャーリィが止めようと手を差し出したが、まだ体力が回復しきっておらず重心を崩《くず》して床に倒れてしまった。

「シャ、シャーリィ？」

「……お、お兄ちゃん……」

顔を上げたシャーリィの表情が緩《ゆる》む。すっと力が抜けて、消え入るようにうつ伏せる。軽い目眩《めまい》を起こしたらしい。

「シャーリィ！」

セネルは彼女の身を案じたが、目の前に迫《せま》ったワルターに胸ぐらを摑まれ、抱えあげられてしまった。

「うぐっ！」

「五年前——お前が村にやってきたときのこと、忘れたとは言わさんぞ」

「！」

セネルが、はっとする。

「俺もあのとき、村にいたんだ」

「な、何だって？」

「都合良《つごうよ》く水の里に紛《まぎ》れ込《こ》んだ陸の民——お前のことを、俺は信じていない！」

胸ぐらを摑みあげたワルターが、ねめつけてきた。

「ま、待ってくれ、ワルター……」

「黙れ！」

ワルターは、胸ぐらを掴んだセネルをそのまま突き放した。

「あうっ！」

セネルが、床に背中を打ちつけた。すぐさま上体を起こして叫んだ。

「待て——確かに、あのときは——俺も——でも、変わったんだ！　俺は、ステラとシャーリィに会ってから！」

「セルデルクェス！」

ワルターがテルクェスを放った。光の塊《かたまり》が振り下ろされた手の先から飛び出し、セネルを直撃《ちょくげき》した。

「ぐあっ！」

セネルは床を転がった。マリントルーパーの服が少し焦《こ》げ、きなくさい匂いが立ちのぼる。

「貴様がメルネスをたぶらかした！　だから彼女はメルネスの力を継承《けいしょう》しきれなかったのだ！　陸の民など、我々の村に受け容れるべきではなかった！」

「うっ、うぐぐ……ハア、ハア……お、俺のせいだというのか？　シャーリィが、メルネスになれなかったのは……」

セネルは荒い呼吸を繰り返しながら、立ち上がろうとする。それに対してワルターは再び片腕を振りあげる。

「罪深き、陸の民よ！　死ぬがいい――」

ワルターが、とどめの一撃を放とうとしたときだった。

「――待てっ！」

セネルが、何かに気づいたように叫んだ。

その大きな声に、ワルターがびくりとして腕の振りを止める。

セネルは荒い息を吐きながら、遠くに視線を向けていた。

「ハア、ハア……後ろを、見ろ……ヴ、ヴァーツラフだ。まだ生きてる！」

「何？」

ワルターが振り返ると、ヴァーツラフが床を這《は》って、装置の卓の上に手を伸ばそうとしているのが見えた。

「お、おい……ヴァーツラフの奴、何かする気だぞ？」

セネルは渾身の力を振りしぼって、立ち上がった。そして「うっ」と、痛みに顔をしかめながらも、ヴァーツラフの許へ向かおうとした。

すると、後ろから羽交《はが》い締《じ》めにされた。

「うわっ！」

「勝手にどこへ行く？」

ワルターが背後から、セネルの首に腕を絡《から》めて捕《とら》えていた。

「お、おい？　放せよ……ヴ、ヴァーツラフが、まだ生きてるんだぞ？」

「関係ない――どうせ奴は、もうすぐ死ぬ」

ワルターが、セネルの背後で言った。

見ると、前方の操作卓の前でよろめきながら立ち上がったヴァーツラフは、狂ったように哄笑《こうしよう》した。

「フハハハハ！　撃てる！　撃てるぞ！〈滄我砲〉のエネルギーが、充塡されている！

今度こそ聖ガドリア王国の最後だ！」

「何だって！〈滄我砲〉を――」

セネルは戦慄《せんりつ》した。

「このスイッチを押せば、発射だ……フハハ……み、道連れにしてやる。聖ガドリア王国の者どもめ！」

ヴァーツラフは震える手で、卓の上にあるスイッチに手を伸ばす。

「やめろ！　撃つな！」

セネルは叫んだ。

その脳裡《のうり》に、クロエの悲しむ顔がよぎる。

――彼女の故郷を、消滅《しょうめつ》させてはいけない！

セネルは背後から羽交い締めにするワルターを振《ふ》り解《ほど》こうと、もがいた。

「は、離せ！　ワルター、〈滄我砲〉の発射を止めさせろ！　水の民は俺たちと同盟《どうめい》を結んだんじゃないのか？」

だが、ワルターはセネルを捕らえたまま離さない。それどころか、嘲《あざけ》るように平然と言ってのけた。

「フッ、メルネスが救い出せれば、陸の民の国がどうなろうと知ったことではない」

「……ワ、ワルター……お前、正気なのか？」

「正気だよ……所詮《しょせん》は同盟など、かりそめの幻《まぼろし》にしか過ぎん。憎み合っている者同士は、手を結ぶことなど永遠に不可能なのだ！」

だがセネルは、もがきながら叫ぶ。

「違う！　そんなことはない！　俺はお前を信じたい――さっきの闘いで、俺はお前を信じたんだ！　だから闘えたんだ――お前だって、そうじゃないのか？」

「うるさいっ！　戯《ざ》れ言《ごと》をほざくな！」

ワルターが背後から首に回した腕に力を込めた。

セネルは首を絞《し》めあげられ、身動きがとれなかった。

もはやこれまでか——。

〈滄我砲〉の発射を止められず、絶望しかけたときだった。突然フロアの扉が開いて、ウィルたちが駆け込んできた。

「ヴァーツラフ、貴様っ！」

先頭を走ってきたウィルが、真っ先に敵の総大将に視線を向けた。そのとき、セネルを背後から羽交い締めにしていたワルターの力が、かすかに緩んだ。

——今だ！

セネルは咄嗟《とっさ》に、ワルターの脇腹にひじ鉄を喰らわせた。

「ぐっ！」

ワルターが、セネルから離れる。

自由になった瞬間、ヴァーツラフに向かって駆けだした。

「やめろおおぉぉぉぉぉーっ！」

しかし一歩遅かった。

ヴァーツラフは息絶《いきた》える前に、スイッチを押したのだ。

「！」

駆けていくセネルの視線の先で、ヴァーツラフは操作卓にガクッと突っ伏した。どうやら今度こそ息絶えたらしい。

セネルは事切れたヴァーツラフの許に駆けつけて、顔面蒼白《そうはく》なまま立ち尽くした。

「おい、セネル？　どうしたんだ？　一体何があったんだ――」

事情が呑み込めていないウィルが訊ねた。

「セネセネ～、遅れてごめん。トリプルカイツの奴ら、なかなか強くてさ。みんなへの回復ブレスを唱《とな》えるのにも時間かかっちゃって～。とくに～、誰かさん重傷だったし～」

いつもどおりに陽気なノーマの話に、

「うん？　なんじゃ、それってセの字のことか？」

自分が一番重傷だったモーゼスが、きょとんとした。

「勝ったんだな、クーリッジ。おめでとう――これで、ヴァーツラフも倒れた。すべてがやっと終わったんだな」

「………」

安堵して話しかけてきたクロエに、当のセネルは言葉を返せなかった。息絶えたヴァーツラフを見下ろしながら、呆然《ぼうぜん》と佇んだままでいた。

その様子に、ジェイは深刻な事態《じたい》を察した。

「皆さん、気づいてないんですか？」

「えっ？」

「さっきから、この艦橋全体に伝わってくる振動を――これは〈滄我砲〉が発射される振動ですよ」

「何だって！」

「な、何じゃと？」

「ウソ――」

「バカな！」

ウィルたちが一斉《いっせい》に声を上げた。しかしジェイの言うとおり、確かに振動が高まり、どんどん激しさを増してきた。

「嘘《うそ》じゃありませんよ――ほら、あれを見てください！」

ジェイは怒ったような声で、前方の窓を指さした。

一同が、その方向に目を向けた。

窓の外に見える内海に立ち並んだ、三本の背の高い柱――その上空に、光塊の集束が始まっていた。

「ウ、ウソ……マジで？」

ノーマが目を見開く。

「待て！　や、やめてくれ！」

クロエが泣きそうな声で、窓に向かって駆けだす。

「何てことだ――〈滄我砲〉が、二発も？」

ウィルが驚愕した。

そのときだ。

「お兄ちゃん、私やってみる――」

「えっ？」

突然、響いたシャーリィの声に、セネルがハッとした。

目を向けると、憔悴《しょうすい》した表情のシャーリィが弱々しく体を起こし、そして自らに鞭《むち》を打つかのように祈り始めていた。

「リ、リッちゃん――何をするって？」

ノーマが訊《き》いたが、シャーリィに代わってジェイが答えた。

「メルネスは、この〈遺跡船〉を自在に操《あやつ》ったと言います――メルネスの末裔《まつえい》とされるシャーリィさんなら、あるいは――」

「もう、それに託《たく》すしかないのか……」

ウィルが緊張した声をもらす。

「シャーリィ……」

セネルは、胸がしめつけられるような思いで見守った。

一同の願いが深まる中、シャーリィは祈り続けた。

――私にできること。

それは、みんなの命を救うこと。

もしここで、自分がメルネスとしての力を発揮できたなら、〈滄我砲〉の発射を止められるかも知れない。シャーリィは一心に祈った。メルネスならば自在に操れるはずの〈遺跡船〉に呼びかけ、船が制御に応えてくれるのを待ち続けた。

だが、〈遺跡船〉は、シャーリィの声には応えなかった。

聞こえてくるのは、艦橋全体を揺るがす〈滄我砲〉発射に向けての動力の響きだけである。その高まりは勢いを増し、発射が間近いことを物語っていた。

「うっ、ううっ……」

シャーリィは泣きだした。

「……シャ、シャーリィ……」

セネルが不安そうな顔になる。その不安が的中したかのように、彼女が祈りを中断させて叫んだ。

「どうして！　どうして、またダメなの！　私は、メルネスにはなれないの!?」

シャーリィは心を乱し、悲痛に訴えた。

人を救うためにメルネスの力を使えない——。

「どうして私は、みんなの役に立てないの!?」

非力な自分を感じて、シャーリィは目の前が真っ暗になった。

その刹那！

艦橋のフロア全体が、真っ白に染まるほどの光が炸裂《さくれつ》した。

ついに〈滄我砲〉が発射されたのだ。

それと同時に、

「——お姉ちゃんっ！」

シャーリィの声だった。

セネルがどきりとして振り返ると、シャーリィが姉のほうを見つめていた。

視線をそのステラに向けると、

「！」

視界に飛び込んできた信じられない光景に、セネルは言葉が出なかった。

眠っていたはずのステラが目覚めたのである。彼女の全身は光り輝き、立ち上がったまま垂直に浮かんでいた。

そしてその体から、ひとつの光の球を放った。それはフロアの窓を突き抜け、発射された〈滄我砲〉の光を追跡するように、ものすごい勢いで翔《と》び去《さ》った。

「…………」

セネルたちはそれを見送ったあと、再びステラに視線を向けた。

ステラは立ち上がったまま、宙に浮かんでいた。相変わらずその全身は光に覆われており、神々《こうごう》しく感じられる。

やがて彼女は、目を開いた。

「ステラ！」

セネルは、彼女の名を叫んだ。

《……セネル……》

ステラは、光の中からセネルに微笑み返した。

《これが、私の最期《さいご》の力よ……》

「えっ？」

セネルは、ステラの言ったことに戸惑う。

「ど、どういうことなんだ？　ステラ？」
《安心して、セネル……今、私の体から飛び出したテルクェスが、〈滄我砲〉の力を吸収するわ……》
「――吸収だと？」
ウィルが、面食《めんく》らった表情になる。
《でも、それで……私の命は尽きる……》
「……」
セネルは呆然とした。言葉が出なかった。ステラが何を言っているのか、理解できなかった。いや、理解したくなかった。
自分の命と引き換えに、彼女は〈滄我砲〉を止めると言い出したのだ。
《セネル……》
ステラが、また微笑んだ。
《あなたと一緒に歩めて、私は幸せだった……》
「ちょ、ちょっと待ってくれ、ステラ！」
やっと言葉が出てきた。
だが、そのあとが続かない。セネルの頭の中は混乱していた。

そしてステラは、シャーリィのほうに視線を向けた。
すでにシャーリィは同じ水の民として、姉が何をしようとしているのかを、直感的に理解できたらしい。目に涙を溜《た》め、落ち着きを失いかけていた。
「お、お姉ちゃん……お姉ちゃん……行っちゃイヤだ、行かないで！」
《シャーリィ……セネルと共に、しっかり歩むのよ……》
「……お姉ちゃん」
《あなたの力は、みんなを幸せにするためのもの——》
「えっ……」
《だから、ゆっくり育《はぐく》んで……》
「お姉ちゃんっ！」
感極《かんきわ》まって、シャーリィが叫ぶ。
ステラは最後にもう一度、愛《いと》しい人を見つめた。
《セネル……ごめんね……》
その瞳に、涙が滲《にじ》んだ。

——発射された〈滄我砲〉の第二波は、海と空の間になびく白雲を貫きながら、目標に向かって猛進し、空割山を失った王都バルトガに迫りつつあった。

だが、ほんの少し遅れて放たれたステラのテルクェスが、巨翼を広げた鳳凰《ほうおう》のごとく巨大化し、瞬く間に〈滄我砲〉の光芒に追いついた。

その鳳凰のごとき姿をしたテルクェスは、光の翼で宙空を走る〈滄我砲〉の先端を包み込み、まるで融合《ゆうごう》するかのようにその勢いを奪い去った。

テルクェスが仕掛けた制動は、〈滄我砲〉の速度を削《そ》ぎ落《お》とし、やがて道連れのように、海原へと墜落《ついらく》していく——。


その直後、ステラの命も失われた。

宙に浮かんでいた彼女の力がふっと抜け、支えを失ったかのように、身をのけ反らせた。ステラの生命力はみるみる弱まり、そのままゆっくりと床に落下する。

「お姉ちゃあああぁぁぁ——ん！」

「ステラあああ——っ！」

シャーリィとセネルは同時に、ステラの許へ駆け寄った。

「ステラ！　嘘だろ？　おい、ごめんねって、何だよ！」

「お姉ちゃん！　お姉ちゃん！」

「行くな、ステラ！　おい、返事してくれ、ステラ！」

床の上にフワリと横たわるように着地したステラの上体を抱き起こし、セネルは懸命《けんめい》に呼びかけた。隣でシャーリィも、同じように姉の体を揺さぶった。

しかし彼女は、もう旅立ってしまった。

全身を覆っていた光も消え去り、命の鼓動《こどう》も静かにその終焉《しゅうえん》を告《つ》げた。

「ステラあああああぁぁぁぁ――――っ！」

堪《こら》えきれずに、セネルは絶叫《ぜっきょう》した。

美しく安らかな眠りについた、安堵の表情だった。

彼は、とうとう心の支えをひとつ失ったのだ。


（つづく）

あとがき

『テイルズ オブ レジェンディア』上巻、いかがだったでしょうか。

この時点では下巻を一行も書いていないので、さて続きはどうなるか――まだはっきりとしたことは言えないんですが、でも下巻も、すごくなるぞ～。いや、すごくしたいな、きっとすごいだろう――という気持ちで、おります。気合いだけは充分《じゅうぶん》！ でも、空回りということもあるから気をつけないとね。

よくあるんだ、虚勢《きょせい》を張りすぎて失敗しちゃうなんてことがね。だからいつも謙虚《けんきょ》になろうと努力してるんだけど、油断《ゆだん》すると、つい調子に乗ってしまうことがあるから、気をつけないとダメだよね。

さて、今回のゲームをプレイしてみて、まず頭を悩ませたところは、どこをどう切り取って、ノベライズしようかということでした。

いや本当、いつもそうなんだけどね。ゲームの膨大《ぼうだい》なストーリーを、どこをどういうふうに再構成していくか。とっても難しい。

特に最初は、主人公のセネルが、なんていうのかな、摑《つか》みどころがないというか、今までのテイルズの主人公たちとはちょっと違うんで、戸惑《とまど》っちゃった。何かクールで、ちょっと拗《す》ねていたところがあったりして、今ひとつはっきりしない。でもそういうところが、現代っ子っぽいよなぁなんて思っちゃったりして。

でもプレイしていくと、結構深いところで、セネルは悩んでいて、うまく自分を表現しきれなくて苦しんでるんだということがわかってきました。ステラもシャーリィも、セネルのそういう悩んでいるような姿とかに惹《ひ》かれたのかもしれないってね。ちょっと陰があるような感じで。そういう男の子に、女の子は母性本能をくすぐられたりするのかもしれないなんて、ちょっと思ったり。

そんなところでキャラクター全体を見ていくと、男性キャラはストイックなキャラが多くて、女性キャラは反対に開放的な明るさを感じました。

特にノーマなんて、こういう女の子が、いたら楽しいだろうなあと思いながらプレイしていたんだけど、彼女の過去を知ると師匠《ししょう》とのつながりがあって、意外と義理がたいというか、すごい真面目《まじめ》な子だったんだというのがわかって、その意外性が好きになりました。

クロエも真面目すぎておかしいくらいなんだけど、プレイしていると、その真面目さがだんだん可愛《かわい》く見えてきたりする。そして恋愛については、すごくウブで、好きになったセネルに対して告白するしないで、ノーマと中学生みたいな会話をやるところも、面白《おもしろ》かった。世間知らずのお嬢《じょう》さま育ちなのかなと思ったクロエだけど、でも彼女も、両親を殺されたり、貴族として暮らしていた家が取《と》り潰《つぶ》しにあったりして、不幸な過去を背負《せお》ってる。

みんなそれぞれに不幸な過去を背負ってるんだけど、女性キャラはみんな暗い過去を表に出さず、明るく生きている姿が魅力的《みりょくてき》だった。深刻《しんこく》な場面でも、最後には、明るくふるまってみたりしてね。そういう女性っていいですよ、頼もしく感じて（笑）。

反対に男性キャラは、セネルにしてもそうだし、ウィルにしても自分に厳《きび》しくあろうとしてる。そんな姿がカッコ良かったです。

セネルと対立しているワルターなんて、孤独《こどく》で、自分の求めている目標に向かって、寡黙《かもく》に生きてる姿が、印象的でカッコイイなぁと思った。

だからノベライズ版では、ワルターをクローズアップしたいなと思って、わざわざオリジナルキャラクターで、オスカーというのを作って、彼の幼なじみに設定してみたんですよ。ワルターの心境を代弁するような位置づけで。

彼はワルターのことが好きで、すぐでしゃばっちゃうみたいな、そういうところが、下巻においても出せるといいなぁって思って、頑張《がんば》りますよ。

さて、今回の中で、それら個性派のキャラクターを演じた声優《せいゆう》さんの中には僕の知り合いも何人かいました。

まずは、ウィル役の千葉進歩《ちばすすむ》さん。千葉さんは、僕が初めて演劇《えんげき》のプロデュース公演をしたときに、出演してくださった方なんですね。僕が演劇の台本と、演出を担当して、千葉さんには主役を演じていただきました。そのときはマッドサイエンティストの役で、やはりウィルのように難しい専門用語を早口でしゃべったり、分析《ぶんせき》したり、研究したり、そういう濃《こ》いキャラクターでした。今からもう七年くらい前になるんですけど、その当時、千葉さんはマッドサイエンティストの白衣をまとい、さっそうとステージに登場して、歌って踊《おど》って、主役の存在感バリバリに演じてくださいました。

今ではもう千葉さんも忙しくなって、あまり会う機会がなくなりましたけど、今回はゲームをプレイしながら、あのときのことを懐《なつ》かしく思い出しましたよ。

あ、そうそう千葉さんは『バテン・カイトス』にも出演なさっていたんですよね。ちなみに、その『バテン・カイトス』も、僕がノベライズを書かせていただきました。ありがとうございます。

続いての知り合いは、シャーリィの姉、ステラ役の園崎未恵《そのざきみえ》さんです。園崎さんとは昔『恋愛候補生《こうほせい》』というアニメのお仕事を僕がしていたときに仕事で知り合って、お芝《しば》居《い》の話で意気投合《いきとうごう》して以来のお友達です。

園崎さんもお芝居の勉強にはすごく熱心で、いろんな舞台に精力的に出演なされているんですよね。たまに電話で、お話をさせていただくことがあるんですけど、もうそのときは、お芝居についての話ばっかりで、お互いに本当にモノを作ることが好きなんだなぁって、笑い合ったりしています。

だけどひとつだけ。僕は残念なことに、この『テイルズ オブ レジェンディア』のゲームをプレイしているとき、ステラの声が園崎さんだとは、まったく気がつかなかったのです。

なんと気がついたのは、プレイし終えてクレジットロールを見たとき。

――しまった！　知り合いだったのに、声を聞いてもわからなかった！

悔《くや》しくて、ご本人に電話してそのことを云いましたら、「やったね～」と、得意《とくい》げに言われてしまいました。声の演技で、本人だと知り合いがわからないくらいに演じきるのは、役者にとってひとつの勲章《くんしょう》みたいなものだったりするのです。

ああ、僕は完敗です。お見事《みごと》でした。

そういうふうにお芝居の勉強をしてると、物語作りがより楽しくなるので、自分としてはプラスになってます。頭の中だけで物語をこねくり回しているより、実際に役者さんがその場面をお芝居して、体を使って動いたときに、いろいろ見えなかったことが見えてきたりするのです。例えば、どうやって自分以外の別の人格に変身するのかとか、役のキャラクターの性格ともし自分の性格が全然違っていたら、どうやって近づけようか、とか。

あるいは、こういう性格のキャラクターは、こんな状況に陥《おちい》ったときにどんなことを考えて、どんなことを喋《しゃべ》るのか。とか。

そういう想像を膨《ふく》らませてたりするのですが、基本的に物語を作るときに、参考になる考え方だなあと勉強になっています。

そんなお芝居の勉強をもっと続けたいから、今年になって僕はとうとう自分の劇団《げきだん》を作ってしまいました。劇団ボイスウィザードといいます。声の魔術師ということですね。だから声を使ったお芝居――つまり朗読劇《ろうどくげき》をメインにして、活動しています。

これまでに『まほろばの島』『幼い悪』『融合《ゆうごう》する瞳』と、春、夏、秋と三本続けて精力的に公演をやってきました。この本が発売される直後の12月3日（土）にも公演があります。

声優さんたちの、まるでラジオドラマを生で聞いているようなエンターテイメント性を狙《ねら》った朗読劇に、もし興味のある方がいらっしゃったら、ぜひ劇団のホームページにアクセスして、公演情報をチェックしてみてくださいね。

インターネットで《劇団ボイスウィザード》と検索《けんさく》をかければ、すぐに、ホームページにアクセスできる情報が出てきますから、よかったら検索してみてくださいね。

アドレスは、(http://www.voice-wizard.com) こちらになります。


というわけで、こんなに長いあとがきを書くのは初めてなので、何を書いていいやらと迷ってしまいましたが、書いてみるといろいろと話せて、楽しかったです。

ありがとうございました。

では、下巻も頑張ります。

工藤　治

■ご意見、ご感想をお寄せください。

ファンレターの宛て先
〒102-8431東京都千代田区三番町6-1
株式会社エンターブレイン　メディアミックス書籍部
工藤 治　先生
山田正樹　先生

■ファミ通文庫の最新情報はこちらで。

エンターブレインホームページ
http://www.enterbrain.co.jp/fb/

■本書の内容・不良交換についてのお問い合わせ。

エンターブレイン カスタマーサポート　0570-060-555
（受付時間 土日祝日を除く 12:00〜17:00）
メールアドレス：support@ml.enterbrain.co.jp

ファミ通文庫
テイルズ オブ レジェンディア　誓《ちか》いの星《ほし》 上

二〇〇五年一二月一二日　初版発行

著　者　工藤《くどう》 治《おさむ》
発行人　浜村弘一
編集人　青柳昌行
発行所　株式会社エンターブレイン
〒一〇二-八四三一　東京都千代田区三番町六-一
電話　〇五七〇-〇六〇-五五五（代表）
編　集　メディアミックス書籍部
担　当　荒川友希子
デザイン　田村 宏（海月デザイン）
写植・製版　有限会社ワイズファクトリー
印　刷　凸版印刷株式会社

定価はカバーに表示してあります。

T2
2-1
554

監修　株式会社ナムコ
ISBN4-7577-2514-0

テイルズ オブ リバース

第二話　偽りの再誕《とき》 下

既刊　第一話　落日の瞬間《とき》 上 下　第二話　偽りの再誕《とき》 上

著者／矢島さら
イラスト／いのまたむつみ

心と体……ヴェイグが選ぶのは？

クレアの体を手に入れたアガーテは、ヴェイグたちと旅を続けていた。その頃アガーテの体で目覚めたクレアは、たったひとりでヴェイグを追っていたのだが……!?　好評『テイルズオブ』シリーズ最新作のノベライズ第二話が完結。物語はいよいよクライマックスへ……!!

ファミ通文庫
発行／エンターブレイン

魔界戦記ディスガイア
BATTLE OF MAOHS《バトルオブマオーズ》

著者／神代 創
イラスト／超肉

魔王がいっぱいやってきて……!?

後ろからグサリとやられるとか、ワナがいっぱい仕掛けられていたりとか、いつもどーりの平和（？）魔界での生活を魔王・ラハールは堪能していたのだけど、そこになんと魔王・ゼタがやってきて……!?　人気シリーズ第6弾は、なんと、夢のコラボレーションが実現!!

ファミ通文庫
発行／エンタープレイン

ファイナルファンタジーXI

～新たな夢[上]～

既刊 祈りの風／星の誓い／永遠《とわ》の絆／遥かなる翼／冒険者の休日／遠い願い[上][下]

著者／はせがわみやび
イラスト／金田榮路

タブナジアを舞台に新たな冒険が!!

滅びたはずの侯国・タブナジアで再会を果たしたアルとイーリスたち。帰る方法を見つけるため、そして同行したクラウスはある目的のため、タブナジアの地下壕での調査を始めるが……。好評シリーズ第14弾、タブナジアを舞台にアルとイーリスの新しい冒険が始まります。

ファミ通文庫　発行/エンターブレイン